集英社オレンジ文庫

鍵屋甘味処改

天才鍵師と野良猫少女の甘くない日常

梨 沙

本書は書き下ろしです。

目次

イラスト／ねぎしきょうこ

鍵屋甘味処改

天才鍵師と野良猫少女の甘くない日常

世界には　秘密　が　あふれている

序章　冬の夜

嘘《うそ》つき、嘘つき、嘘つき、嘘つき。

ずっと信じていたのに今まで騙《だま》してきていたなんて。

平気な顔で笑っていたなんて。

こずえの頭の中には同じ言葉だけが繰り返されていた。

〝嘘つき〟

たった二人の家族だった。それなのに、ずっと本当のことを教えてくれなかった。

今まで積み上げてきたのはなんだったのだろう。

一緒に過ごしてきた時間がなにもかも偽物《にせもの》だったなんて――。

ふいに涙がこぼれ、慌てて目をこする。

こずえがマンションを飛び出したのは昼過ぎだった。終業式を終え、家の大掃除をした二時間後。帰宅した母に苛立《いらだ》ちをぶつけ、コートとカバンを手に電車に飛び乗った。

そして、駅名も見ることなく適当に乗り継いだのだ。クリスマス間近の騒がしい車内は少しずつ静かになって、代わりのように酔っ払いが増えていった。

やがてそれすらなくなり、終電のアナウンスが静かに響《ひび》く時刻になった。

電車を降りたこずえは冷たい風に身をすくめ、ぎゅっとコートの前をかき合わせた。凍《こご》える指先で切符を精算すると溜息《ためいき》が漏れる。

「……残金四千五百十二円……あれ？　携帯は？　なんで……あ……っ」

カバンをさぐり、こずえはさっと青ざめた。

「部屋だ。充電、してたんだ」

お母さんと連絡が取れない、そう思って慌てて首を横にふった。今さらあの人を気にするなんてどうかしている。

財布をカバンに突っ込んで足早に改札口を抜けた。駅は思ったより大きくて、けれど、こずえの知らない駅名だった。

ロータリーには、ハザードをたいた車と客を待つタクシーが何台も停《と》まっていた。バスの停留所に明かりはない。待ち人がやってきたのか、改札口のほうから楽しげな話し声が聞こえてきた。

こずえは逃げるように駅から離れ、通りをまっすぐ進む。ドラッグストアは真っ暗だった。靴屋も、本屋も、どの店舗にも明かりはない。マンションや戸建てにはぽつぽつと明かりがともっていたが、そのどこにもこずえの居場所はなかった。

どこに行けばいいのかもわからない。知らない土地で行く当てもなく、助けを求められる相手もいない。

ふっと息をついた瞬間、街灯が涙ににじんだ。

独りぼっちだ。

本当に、これで独りぼっちだ。

うつむいたら鎖《くさり》が乾いた音をたてた。街灯の光に照らされ、蔦《つた》が複雑に絡んだ独特の模様のペンダントトップが胸元で鈍く輝いた。

子どもの頃、大切にするよう言われて母から譲り受けたもの。

カッと頭に血がのぼり、こずえは鎖に指をかけ引っぱった。首に焼けるような痛みが走る。奥歯を噛《か》みしめ、指先にさらに力を込める。

思い出なんていらない。すべて偽物なら、何一つ大切にする価値はない。

鎖が切れる。ペンダントを夜空に投げ捨てると、弧《こ》を描いて視界から消えた。

目を閉じた直後、

「いてっ」

男の声が聞こえてきた。

こずえははっと辺りを見回す。街灯と街灯のあいだ――光の境目に黒ずくめの男が立っていた。コートも、ズボンも、靴も、背負っている大きなカバンもなにもかもが黒かった。まるで闇《やみ》を吸い込んだような漆黒《しっこく》だ。男が体をかがめると、月光を弾《はじ》く黒髪がさらりと頬《ほお》にかかった。目元の涼やかな男だった。鼻は高く引き結ばれた唇《くちびる》は薄い。身をかがめるその動きは、大型の獣《けもの》のようにしなやかだった。

くっきりと陰影が浮かび上がる。まるでそこに、すべての光と影が集まったかのような光景――視界から色が抜け落ちるような感覚に息を呑《の》む。

男がなにかを拾い上げ、ゆっくりと体を起こした。

刹那《せつな》、目が合った。鋭い眼光にぎくりとし、こずえは慌てて顔をそむけた。

こつこつと規則正しい足音が近づいてくる。この近くに住んでいるのだろう。帰る場所がある見ず知らずの男をうらやんでいると、街灯の光が遮《さえぎ》られ、視界にくたびれた黒い靴が入り込んだ。

通りすぎるとばかり思っていた男が目の前で立ち止まったのだ。

「手」

低い声にびくりと肩が揺れた。辺りに人の気配はない。こずえは怖くなり、言われるまま手を出した。

「落とし物だ」

こずえの手にペンダントがのせられる。一拍おいて、男はペンダントの横に缶ジュースを置いた。

そして、なにごともなかったようにぼろぼろのカバンを背負い直して歩き出した。

こずえは茫然《ぼうぜん》と手元に視線を落とす。白い液体の入った赤いお椀《わん》がプリントされたパッケージに『本格甘酒』という文字が躍《おど》っていた。

──あたたかい。

缶を胸に押しあて、こずえは再びこぼれ落ちる涙をぬぐった。

第一章 鍵師と少女

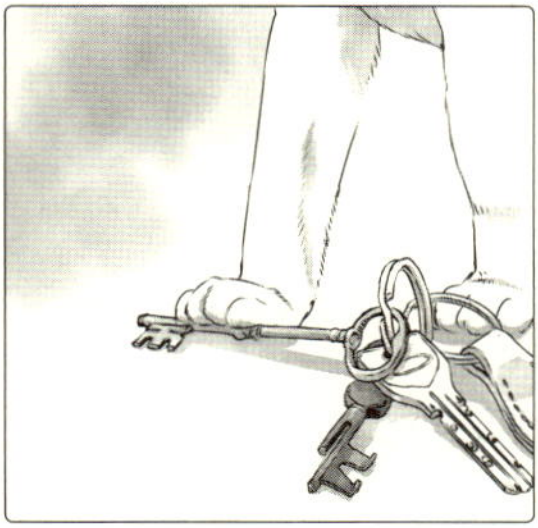

1

「さむ……っ」

こずえはエアコンのリモコンを探し、ぱたぱたと手をさまよわせた。しかし、見つからない。それどころか、シーツをさぐっているはずの指が冷たい床を叩《たた》いていた。

寝返りをうとうにもうまくいかず、身じろぎながらゆっくりと目を開ける。

そして、ぼうっと辺りを見回した。

大量の箱が並んでいる。大きさや形はばらばらで、中には錆《さび》の浮いている箱もあった。鈍く光っているのは錠前《じょうまえ》の類《たぐい》だ。南京錠《なんきんじょう》や、龍《りゅう》や虎《とら》をあしらった骨董品《こっとうひん》のように古びた錠前もある。丁寧《ていねい》な細工のほどこされた鳩《はと》時計、螺鈿《らでん》細工も華やかなオルゴール、宝石箱らしきものも置かれていた。

それらは四つある古いテーブルに山積みにされ、さらに壁に沿《そ》うように設置された棚まで占拠《せんきょ》していた。天井《てんじょう》からぶら下がった六角形の照明にタイル張りの床、落ち着いた色合いの壁――まるで、時間を逆行したかのように静かな空間に目を奪われる。

「すごい」

窓から差し込む光がすべてをセピア色に変えていた。

奥に見える出入り口すら木製の古びた引き戸だ。築七年の高層マンションに住んでいるこずえにはあまりに見慣れない光景だった。

両手の人差し指と親指で四角を作り、そこから辺りを見回した。目線が低いせいか部屋が広く感じる。贅沢《ぜいたく》な空間を堪能したこずえは、腹部に圧迫感を覚えて視線を落とし、「ひっ」と声をあげた。

こずえの腹にごつごつとした男の手が回され、がっちりと固定されているのだ。背後に誰かいる。振り払おうとしたら男の手に力がこもり、いきなりきつく抱きしめられた。耳に熱い息がかかり、こずえは悲鳴をあげてじたばたと暴《あば》れた。

「……っ……なんだ？　朝か……？」

低い男の声が体に響《ひび》いてくる。満身《まんしん》の力で手を払いのけ、素早く体を起こして足を踏み出すと、がくんと視界が揺れた。

高低差三十五センチ――こずえは板張りの廊下からタイル張りの床に転がり落ちた。

「あんた誰よ――!?」

したたかに打ち付けた肩を押さえながらも男から離れ、テーブルの脚《あし》にぶつかったところで止まった。黒いコートが肩から滑《すべ》り落ち、冷たい空気が全身を包む。

ゆっくりと体を起こした男はあくびを嚙《か》み殺し、

「……猫」

低くそうつぶやいた。とっさに辺りを見回したこずえは、腕をさする男に不機嫌顔で睨《にら》まれ、びくんと体を揺らした。目を逸《そ》らしたら食われる。そんな気がする。

緊張と動揺に鼓動《こどう》が速い。

警戒心剝《む》き出しのこずえに男が前触れなく手を突き出した。

「な、なに？」

「……服、返せ」

床に落ちているコートを指さされ、慌てて拾い上げて男に向かって投げた。コートは冷たい大気をはらんで大きく広がり、運悪く男の頭にかかってしまった。

男の手がぴくりと引きつる。静寂《せいじゃく》が耳に痛い。コートが滑り落ちると不機嫌顔に磨きがかかっていた。男はこずえから視線をそらし、のそりと立ち上がった。

黒いコートに黒いシャツ、黒のズボン——上から下まで真っ黒で、目つきの悪い男。

「あ」

昨日、投げ捨てたペンダントを拾った男だ。

カッと頰《ほお》が熱くなる。泣き顔を見られたことを思い出した。

「起きたんならさっさと家に帰れ。親が心配して……」

「親なんていないもん」

「――いない？」

「ひ、一人暮らしだから」

とっさにつまらない嘘《うそ》が口をついた。家に帰れば今まで〝母〟と偽《いつわ》ってきた人が、唯一の家族のような顔をして出迎えるだろう。それを思うと、足下からなにかが崩《くず》れていくような気がした。日常があんなに簡単に壊れてしまうなんて思わなかった。

たった一枚の紙切れが、こずえのすべてを変えたのだ。

「子どものくせに一人暮らしか」

「子どもじゃない！」

反射的に叫ぶと男が怪訝《けげん》そうな顔になった。背が高いせいか、こずえは実年齢より大人びて見られることが多かった。「いくつだ？」と訊《き》かれ、言いよどんでから「二十一歳」と答える。そして、激しく後悔した。

きつく唇《くちびる》を噛むと、男が廊下を下りてサンダルを履いた。

ゆっくり近づいてくる男は、小刻みに肩を震わせるこずえの隣を通りすぎ、テーブルからなにかを摑《つか》んで戻ってきた。目の前に差し出されたのは、『本格甘酒』とプリントされた見覚えのある真っ赤な缶だった。

「これ飲んで酔っ払って、まんじゅう食わせろって店のドア叩いて暴れたんだよ」

「誰が？」

「お前が。みたらしとか、おはぎとか、ぜんざいとかいろいろ叫んでたな」

――まったく記憶になかった。甘酒をもらって、ぐすぐすと泣きながら飲んで、そこから先の記憶がすっぽり抜け落ちている。

「甘酒にはアルコールは残ってないはずだが」

空き缶を眺めて首をひねる男を見て、こずえはとっさに身を引いた。

「な、なにもしてない？」

ぼそぼそと尋《たず》ねると男が「なんだ？」と目だけで問いかけてきた。答えられず、こずえは真っ赤になって押し黙る。体に異状はない。きっと大丈夫。だが、確信が持てない。悶々《もんもん》としていると男は身をかがめ、こずえの顔を覗《のぞ》き込んできた。

「……っ……!?」

逃げる直前、子どもにするように両脇に手を差し込まれ、ひょいと立たされた。

「俺にも好みってものがあるんだ」

肩を叩かれながら実に残念そうに言われ、こずえは耳まで赤くなった。

「だいたい、昨日は疲れてたんだ。あんな時間まで仕事させられた俺に、酔っ払いを優しく介抱しろっていうのか？　我《わ》が儘《まま》な小娘だな」

「言ってない！　っていうか小娘じゃない！」

「わかった、わかった。ぎゃんぎゃん叫ぶな。寝起きなんだよ、俺は。とりあえず風呂入ってるあいだに出ていけ。いいな？」

　カバンを渡され、靴を指さされてこずえはますます赤くなった。

「言われなくても出ていくから!!」

　靴を履いてずかずかと引き戸に向かったこずえは、盛大にくしゃみをした男に足を止めた。振り向くと胸元をなにかが叩く。「あっ」と思わず声が出た。昨日、鎖《くさり》を引きちぎったはずのペンダントが胸元で揺れていたのだ。

　顔を上げたとき、男はすでに右手の奥にある磨《す》りガラスの向こうへと消えていた。

　こずえはぎゅっとペンダントを握る。もう一度引きちぎろうと力を込めたが、母の顔が脳裏をよぎってとっさに手を放した。

　息をつき、のろのろと引き戸に向かったこずえは、静寂に気づいて辺りを見回す。

　まるでここだけ世界から忘れ去られたかのようにゆったりとした時間が流れている。錆《さ》び付いた丸いストーブに傷だらけのヤカン。古いアルバムをめくるときに感じる、わくわくとするような物寂しいような不思議な感覚。

ふいに息苦しさを覚え、こずえは逃げるように駆け出した。

2

外へ出たとたん、冷たい風に身をすくめた。

吐き出す息は白。寒空の下、通勤途中のサラリーマンが足早に駅へと向かう。ゴミ袋を片手に立ち話をしている主婦や、犬の散歩をさせる老夫婦もいる。

みんなそれぞれに〝日常〟を送っている人たちだ。そう気づくとじわりと不安が首をもたげた。

「どこに、行こう」

少しずつ熱を奪われていく体を抱きしめ、こずえは茫然《ぼうぜん》と立ち尽くす。行くあてがない。友人に助けを求めるか？　しかし、もう母から連絡が入っているかもしれない。先月は仕事が佳境だと言ってほとんど帰ってこなかったが、今月は作った料理をタッパーに詰めて冷蔵庫に入れる程度にはゆとりがある。家を飛び出した娘が戻ってきていないと気づけば友人たちに連絡を入れるだろう。すぐに見つかり連れ戻されるに違いない。

それとも、お荷物がいなくなってよかったと、せいせいしているだろうか。

「……別に、どうでもいい」

こずえは自分に言い聞かせ、突然の風に肩をすぼめた。

――そして、気づく。

たった今いた奇妙な内装の建物が〝店〟であることに。古風な店内によく似合う、軒《のき》の広い、大工のこだわりがそこかしこにちりばめられた見事な外観に溜息《ためいき》が出た。風雨をものともしない重厚感あふれる意匠《いしょう》の建物は、母が見たら喜びそうな代物《しろもの》だった。

無意識に指で四角を作り、店の看板を見て手を下ろした。

「……淀川《よどがわ》鍵屋？」

木製の立派な看板には毛筆体で『鍵屋』と彫られ、その脇に『淀川』と書かれた白いプラスチック板がガムテープでくっつけてある。

「なにこれ、台無し」

古く趣《おもむき》のある建物にかかげられた安っぽい看板に呆《あき》れ果てる。けれど、隣の建物を見たとたん、不安も不満も吹き飛んだ。鍵屋の隣には、鏡に映したかのように左右対称の建物が建っている。看板も店構えに合わせて魅入ってしまうほど立派だった。

「つつじ和菓子本舗……こっちが和菓子屋さんだったんだ」

木戸の隣に陶器《とうき》の招き猫がどっしりと構えていた。その上にある小さな窓から中を覗《のぞ》くと、棚にせんべいやおかきといった贈答品の菓子が置かれ、奥にショーケースが見えた。薄暗い店内で、白いエプロンを着けた若い女がショーケースを開けておまんじゅうを並べている。耳の下で切りそろえられた癖毛《くせげ》がふわふわと揺れた。彼女は丸眼鏡を押し上げ、柔らかな表情でじっとおまんじゅうを見つめていた。

「いいなあ」

薄い皮で包まれた粒あんの味を想像するだけで頬《ほお》が落ちそうになる。窓ガラスに額《ひたい》をこすりつけてうっとりしていると、どこからともなく騒々《そうぞう》しい声が聞こえてきた。

「だから、悪かったって言ってるだろ。でもこの辺りで間違いない。そう聞いたんだ」

男の太い声は、途中から頼りなく小さくなった。

「どうしてちゃんと確認しておかないのよ。隆敏《たかとし》さんはいっつもそうなんだから！　曲輪《くるわ》田《だ》先生、すみません。こんなに朝早くお呼びして……」

「いえいえ、構いませんよ。しかしどこなんでしょうね、鍵屋さん。隣町のほうは警察や裁判所の仕事も手広く請け負ってて、私もよくお世話になったんですが……」

こずえは聞き慣れない単語に視線を上げる。

「鍵屋？」

思わず繰り返すと道を塞《ふさ》ぐようにぞろぞろと歩いてきた一団が立ち止まった。

「お嬢さん、鍵屋を知ってる？」

四角い箱を持った太鼓腹《たいこばら》の男が軽い足取りで近づいてくると、そのあとを赤い服の女がついてきた。さらに眼鏡をかけた人のよさそうなスーツ姿の男と、分厚いコートをしっかり着込んだカップルが続く。すごい剣幕で五人に見つめられ、おののいたこずえは和菓子屋から離れて隣の『淀川鍵屋』を指さした。

「こ、ここ！　鍵屋です！」

「駅から徒歩五分って嘘《うそ》じゃないの⁉　十分くらいかかったわよ！　菊乃《きくの》さん、大丈夫？　やっと着いたわよ！」

赤い女が叫んで後ろを振り向くと、顔色の悪い女——菊乃が男に支えられたまま小さくうなずいた。目の前を通過する彼らを見送っていると、赤い女が立ち止まって真っ赤なマニキュアの塗られた手でこずえの腕を摑《つか》んだ。

「あなたがこなくてどうするのよ⁉」

こずえは抵抗する間もなく店内に引きずり込まれた。

「この手提げ金庫を開けてほしいんだ」

太鼓腹の男が上蓋《うわぶた》に取っ手のついた古い金庫を差し出してきた。ところどころ錆《さび》が浮いているが大きな傷はない。

「私は弁護士で、曲輪田聡《さとし》と申します。今日は先日亡くなった布施川《ふせがわ》様の遺産相続の件で、どうしても開かない金庫がありこちらにおうかがいしたんです。あ、こちらが長男の布施川光秀《みつひで》さんで、奥様の菊乃さん」

スーツ姿の弁護士が光秀夫婦を紹介し、こずえは「はあ」と生返事で視線をさまよわせた。なぜ紹介されているのかわからない。次に紹介されたのが赤い服の女〝八重《やえ》〟で、その夫である太鼓腹の男〝隆敏〟だった。

「他の鍵屋さんに頼んだんですが開かなくて、ここなら開けてくれるだろうとうかがってきたんです。いやあ、女性の鍵師《かぎし》さんは私もはじめてです」

曲輪田弁護士の一言に、こずえはようやく勘違いされていることに気がついた。

「あの、違います。鍵師さんは、たぶん今そっちに……」

こずえが浴室を指さすと、ちょっと面食らったような表情のあと「呼んでもらえますか?」と頼まれた。こずえは仕方なく廊下に向かう。ちらりとテーブルを見ると、ごちゃごちゃとのっている箱には蓋や扉がついていて、鍵穴やダイヤルがあった。

鍵師なんてはじめて聞いた。戸惑《とまど》いながら靴を脱いで廊下に上がり、磨《す》りガラスの引き戸を叩《たた》いた。

「ねえ、お客さんなんだけど。金庫を開けてほしいんだって。聞こえてる?」

繰り返し何度も叩いていると、かすかに聞こえていた水音が途切れ、磨りガラスの奥に陰影が見えた。ほっと安堵《あんど》の息をつき——次の瞬間。

「うるさい。まだいたのか?」

磨りガラスの引き戸を開け、腰にタオルを一枚巻いただけの格好で出てきた男に「ひっ」と悲鳴をあげた。素肌を水滴が滑《すべ》り落ちていく。服の上からでも均整の取れた体型であることはわかっていたが、思った以上に筋肉質だった。こずえは真っ赤になって金庫を押しつけた。

「変態ー!!」

ごふっと、男が変な声を出した。金庫が腹にめり込んでいた。男が体をくの字に曲げた直後、腰に巻き付けていたタオルが濡《ぬ》れたすのこの上にひらりと舞い落ちる。

空気が凍りついた。タオルを見つめ、視線を上げ——、

「きゃあぁあ! 痴漢《ちかん》ー!!」

叫ぶなり蹴飛《けと》ばしてしまった。男の股間《こかん》を、思い切り。こずえはうずくまった男の鼻先で磨りガラスの引き戸をぴしゃりと閉めた。

鼓動《こどう》が乱れ、唇《くちびる》がわなわなと震える。脱衣所から聞こえる獣《けもの》のようなうめき声を無視し

て振り返ると、八重は「あら」と目を見開き、菊乃は困ったように視線を彷徨《さまよ》わせ、男たちは哀《あわ》れむような引きつり笑いを浮かべていた。

「し、しばらくお待ちください！」

叫ぶと磨りガラスが内側から乱暴に叩かれ、こずえはひっと跳び上がった。恐怖のあまり廊下をつっきり、客たちが通路を塞いでいるのを見るなり男物のサンダルを履いてタイル張りの台所に逃げ込んだ。

「み、見てない、見てない、なにも見てない。なにも見えなかったっ」

木のついたてに隠れてうずくまる。まさかあんな勢いで風呂から出てくるとは思わなかった。まさかあのタイミングでタオルが落ちるなんて。

「あああああああ。最低！　最悪！」

声にならない悲鳴をあげて、冷たい床をぺちぺちと叩く。

「寒いわねえ。ねえ、お茶いただけないかしら？」

悶絶《もんぜつ》するこずえに八重がそう要求してきた。声がちょっと優しい。涙目で店内を覗くと、彼女は含み笑いでちらりと浴室を見ている。どうやら裸体がお気に召したようだ。

「お、大人なんて、大人なんて……っ」

木製のついたてにしがみついてドロドロしていたこずえは、項垂《うなだ》れながら立ち上がった。

台所を入って右手奥——階段の下には備え付けの食器棚があり、食器棚と調理台のあいだには裏口があった。正面奥には使い込まれた流し台と調理台が、その隣には古い型のコンロが設置されている。

「湯呑《ゆの》みと急須と、お茶っ葉は……」

躊躇《ためら》いがちに食器棚を開けると、尖《とが》った文字で『湯呑みと急須』と書かれた黄ばんだ箱が出てきた。中には、白い陶器の表面に青一色で円が描かれた湯呑みと、そろいの急須が入っていた。茶托《ちゃたく》も重ねて入れてある。

しかし、お茶っ葉がない。

「……急須を使ってないってことは、もともとお茶を飲む習慣がないってこと？」

コーヒーを出そうかと思ったが、コーヒーカップとソーサーのセットがない。困っていると引き戸が開く音とともに「お待たせしました」と低い声が聞こえてきた。

「あ、私は弁護士の……」

先刻と同じような自己紹介がはじまり、こっそり覗くと濡れた髪もそのままに再び黒い服に身を包んだ男が立っていた。殺気立つほどの不機嫌顔だ。

「淀川です」

彼は地を這《は》うような低い声でそれだけを告げた。店と同じ名前だった。

「す、すみません。営業時間外……ですか？」

「営業時間は十時から十九時ですが、トラブル対処が多いので関係ありません」

そう言いながらもにこりともしない。声が低いから妙な迫力がある。弁護士は、汗をかいているわけでもないのに、ハンカチを取り出して顔をごしごしこすった。

男――淀川はさっきこずえが押しつけた金庫を軽く片手で持ち上げた。

「こちらを開ければいいんですか？」

「は、はい。開きますか？　淀川鍵屋さんは古い鍵に強いとうかがっていて……」

「開きますよ。プロなんですから」

ああ、嫌な男だ、と、こずえは心底そう思った。普通なら謙遜《けんそん》するだろうに、当然と言わんばかりに返して客を恐縮《きょうしゅく》させている。淀川は廊下を移動し、階段の脇に置いてあったぼろぼろのカバンを手にする。そのとき、目が合ってしまった。

じろりと睨《にら》まれ、こずえは青くなった直後に真っ赤になってついたての裏へ隠れた。

「夢に出てきたらどうしよう」

絶対に悪夢だ。うなされるに違いない。泣きたい。

「写真を撮っても構いませんか？　それから、同意書にサインを」

「写真は構いませんが、同意書は……ちょっと失礼します。はあ、細かいですねえ。これは光秀さんが書いたほうがいいみたいですね」

弁護士の返答の直後、馴染《なじ》みのある音が耳朶《じだ》を打った。それは、空気を切るような、鋭く軽いシャッター音。

思わず室内を覗き込んだが、淀川の大きな背中と金庫が見えるだけだった。

「これは、フランス製の金庫ですね。ブラックボックス社が一八五〇年代に作った手提げ金庫です。よくこんなマイナーなものを……」

「先日亡くなった父の金庫の中から出てきたのよ。若い頃はいろんな女性に言い寄られて、海をわたって渡航先で起業して、そこで恋人だった女性から贈られたって一品」

八重が機嫌よくぺらぺらとしゃべっている。小さな手提げ金庫なのに、いろいろと思い出が詰まっているらしい。

「あ、結婚したのは帰国してからお見合いした相手だけどね」

「お袋、よく愚痴《ぐち》ってたよなあ。フランス女から手紙が来たって」

ちょっと胸をときめかせていたら、光秀が深く溜息をついた。海を越えたロマンスは美しいが、当事者からしたら修羅場《しゅらば》だ。そして、金庫は思い出にまつわるもの――。

テーブルの上の骨董品《こっとうひん》を押しのけた淀川は、あいた場所に手提げ金庫を置き、道具箱からペンライトを取り出し鍵穴を照らした。

皆が物珍しそうに淀川を取り囲む中、菊乃だけが青い顔をしてふらついている。

「椅子《いす》、どうぞ」

こずえは店内に移動し、放置されている椅子を菊乃にすすめてアンティークとしか思えない鉄のストーブにマッチで火を入れた。そのとき、テーブルの上にカメラが無造作に置かれているのに気づいた。ニコンF——クラシックカメラの名機だ。

「あのフランス人ってモデルだったんだよな？　すっごい美人だったって……」

「やめてよ、こんなときに！　お母さんがどれだけ苦しんだと思ってるの！」

光秀の含むような問いに八重が金切《かなき》り声で叫ぶ。体格がいいからか声がよく響《ひび》き、カメラに伸びかけたこずえの手と、棒状の器具を持った淀川の手がぴくりと止まる。

「お袋は神経質すぎなんだよ。だいたい、手紙の内容なんて知らなかったんだろ？　相手は海の向こうだし、親父《おやじ》はお袋と結婚してて今さらっていうか……」

「兄さんはいっつもそう。お母さんのことなんにも考えてないんだから」

「ま、まあまあ、お二人ともそのくらいで。布施川氏と奥様はおしどり夫婦だったじゃありませんか。布施川氏は奥様に看取《みと》られて幸せな最期だったと思いますよ」

今度は弁護士まで乱入してきた。

母と二人暮らしだったこずえには、仲のいい夫婦というのが思い浮かばない。もちろん、まったく想像できないというわけではない。自分の身に置き換えることができないのだ。こずえの生活には母しかいなかった。今までもこれからも、ずっと二人きり。

――そう、思っていたのに。

「金庫には、現金と一緒に権利書とこの手提げ金庫が入ってたのね。で、来てくれたイケメンの鍵屋さん、手提げ金庫だけはどうしても開かないって困ってて。開かない鍵っていうと最新の鍵ってイメージだったんだけど違うのねえ。どうして？」

八重の甲高《かんだか》い声に淀川の眉間《みけん》に深いシワが寄った。

「……古い鍵は保存の状態にもよります」

「この前、玄関の鍵を替えないかって訪問販売が来たけど、替えなくて平気よね？」

「――いえ、それはまた別です。玄関はピッキング対策のされた鍵に交換することをおすすめします。そちらのほうが防犯になりますから」

「あらそうなの？」

八重は身を寄せ、淀川の手元を覗き込む。力加減を間違えたのか、鍵穴に差し込んだ器具が跳ねた。こめかみが引きつる。かなり苛《いら》ついているらしい。だが、依頼主たちは金庫に夢中なのかまるで気づかない。

「聴診器は使わないの？　ほら、金庫開けるときにやるでしょ？」

八重が左手を耳に押し当て、右手を淀川の持つ金庫に伸ばす。すると周りが沸き立った。どうやら彼ら共通の認識らしい。それを淀川がきっぱりと否定する。

「使いません」

「え？　じゃあどうやって開けるのかしら？」

「指に伝わる感覚です。あたりがあるんです」

「あたり？」

重ねられる質問に淀川の横顔が厳しくなる。指が完全に止まっていた。

「感覚的なものなのかな？　それにしても、ちっちゃな金庫だからすぐに開くと思ってたのに意外だなあ。はじめからこじ開ければよかったんじゃないか？」

「金庫が高価なものだったら勿体《もったい》ないって言ったのは兄さんでしょ！」

八重の声に淀川の肩が小刻みに震え出した。着々とストレスを溜《た》める淀川に依頼主たちが道具の説明を求め、さらに苛立たせる始末――こずえはそろりと出入り口に向かった。

「……一晩、泊めてくれたし」

こずえは外へ出るなり隣の店を覗き込んだ。店内は相変わらず薄暗いが、ショーケースの中にはおいしそうなおまんじゅうが並んでいた。

木製の看板に書かれた営業時間は九時三十分から十八時。

一瞬躊躇い、深く息を吸い込んでから拳《こぶし》を握る。

「すみません！　開けてください！　すみませーん!!」

木戸を叩く感触にふっと既視感《きしかん》を覚え額を押さえた。確かに昨日、木戸を叩いた。和菓子が食べたくて、甘酒をくれた人を追いかけ、押しかけてしまったのだ。

鍵屋に行ったせいで添い寝までされ、裸まで見せられてしまった。

「ああ！　だから思い出さなくてもいいから！　忘れなさい!!」

羞恥《しゅうち》にがたがた震えながら引き戸を叩き続けていたら、軽やかなベルの音とともに先刻おまんじゅうを並べていた女性が現れた。

砂糖菓子のような甘い微笑《ほほえ》みを浮かべ、眼鏡の奥の黒目がちな瞳を何度か瞬《またた》いてことりと首をかしげる。年上とわかるのに、仕草の可愛《かわい》らしさに目を奪われた。

「どうかしました？」

「あ……えっと、すみません。て、店員さんですか？」

「はい。看板娘の蘇芳祐雨子《すおうゆうこ》と申します。蘇芳とは黒っぽい赤、今昔物語《こんじゃくものがたり》では時間がたって凝固《ぎょうこ》しかけた血の色として使われた由緒《ゆいしょ》ある言葉です。祐雨子の〝ゆ〟は――」

可愛らしい声でいきなりはじまるうんちくに慌て、こずえは身を乗り出した。

「おまんじゅうを売ってください！　大至急!!」

話を遮《さえぎ》られたことに腹を立てる様子もなく、祐雨子は振り返ってショーケースを見た。

「まだ薄皮まんじゅうしかないですけど」

「薄皮まんじゅう大好きです」

「え……あ、そ、そうなんですか？　それなら、いいんですけど」

ほわわんと微笑んで、こずえをまだ暗い店内へと導いた。開店まで時間があるが、奥で火を使っているせいか鍵屋より幾分あたたかい。しずしずとショーケースに向かった祐雨子は改めて「いらっしゃいませ」と微笑んだ。

「おいくつですか？」

「五個……あ、やっぱり六個で。それから、これも」

棚にあった初摘み新茶と書かれた袋を祐雨子のところまで持っていく。カバンから財布を取り出したこずえは、残金を思い出して青くなった。

「消費税込みで二千四百六十二円になります」

支払えば財布の中身が半分になってしまう。躊躇っていると、客に囲まれる淀川の姿が思い浮かんだ。困っているに違いない。しかし、今の状況で出費は厳しい。

さんざん葛藤《かっとう》したこずえは、ぶるぶる震えながら財布からお札を取り出した。

「……あの、どこかで会ったことがありませんか？」

精算し、おつりを財布にしまっていると祐雨子にそう尋ねられてぎくりとした。こずえはおまんじゅうと茶葉の入った袋を奪うよう受け取って首を横にふる。

「知りません」

逃げるように和菓子屋から出ると、鼓動が異様なほど速くなっていた。

どこかで会ったことがないか？　子どもの頃からそう声をかけられることが多かった。しかし、成長するにつれてその頻度《ひんど》は減り、最近では誰も尋ねてこなくなっていた。

「どうして今ごろ……まさか、気づかれた？」

そんなはずない、こずえは自分にそう言い聞かせて鍵屋に戻る。店内では、客に囲まれた淀川が苛々しながら手提げ金庫相手に奮闘していた。

「開かないねえ。もっとすんなり開くと思ってたわ。ほら、なんだっけ？　ピッキング？　泥棒がちょちょいって鍵を開けて入ってくるって聞いたから」

「鍵が五分開かないと泥棒はあきらめるって言うよねえ」

じゃあこの鍵は合格だ、と、愉快そうに笑って淀川の肩を叩いている。取り囲んだ彼らは繊細な作業を続ける淀川に絶えず話しかけ、着々と集中力を削《そ》いでいた。

「公園の近くの家が狙《ねら》われやすいって言うけど、パソコンなんかの箱を出すときも気をつけないといけないって話ですよ。泥棒はね、金目のものがある家をチェックしてるって」

太鼓腹をぽんと叩き、隆敏が快活に笑う。ストーブにあたりながら「ところで」と再び淀川に水を向けるのを見て、こずえはそそくさと台所へ移動した。

お湯を沸かしているあいだに急須と湯呑みを洗い、銘々皿《めいめいざら》の代わりに真っ白い皿を菓子器に見立てておまんじゅうをのせた。ところどころ中の餡《あん》が透けて見える薄皮まんじゅうは、大きくてボリュームがあるタイプだ。くうっとお腹《なか》が鳴った。昨日の昼からなにも食べていない。一つくらい食べても……そんなことを思って手を伸ばすとお湯が沸き、こずえはわれに返った。おまんじゅうを気にしつつも手順を守ってお茶を淹《い》れると、いい香りが台所いっぱいに広がった。

ひょこりとついたてから顔を出し、騒がしい店内をうかがう。

「お茶、いかがですか？　おまんじゅうもあるんですが……」

声をかけると皆は顔を見合わせ、八重と菊乃が台所へやってきた。

「すみません、店内のテーブルが使えなくて」

店内のテーブルは骨董品で埋まって使えない。先回りして謝罪すると店内の惨状を見て八重たちが苦笑した。こずえはせっせと店内から台所に椅子を運ぶ。

「あなた！　ちょっと、この薄皮まんじゅうおいしいわよ！」

よく通る声で八重が隆敏を呼ぶ。すると、すぐに隆敏が光秀を誘ってやってきた。残り一人――曲輪田弁護士は、こずえが再度声をかけるとようやく台所へ来た。しかし、職業柄か、金庫の見える位置に椅子を移動させ、そこから淀川の様子を眺めていた。

周りに人がいなくなって気が楽になったのか、淀川の肩からすっと力が抜けた。こずえが彼用のお茶とおまんじゅうをテーブルに置くと、視線だけをよこして作業を再開する。

「おお、本当だ。こりゃうまい。どこのまんじゅう？」

「お隣の和菓子屋さんです。まだ開店前だったんですけど」

「できたてかあ。義母《かあ》さんも来ればよかったのに」

台所に戻って隆敏に答えると、光秀がおまんじゅうをかじりながら肩をすくめた。

「和菓子があっても来なかったたよ。フランス女からもらった金庫なんて見たくないって喚《わめ》いて塩までまいてただろ。……別に思い出の品の一つや二つ大目にみたって……」

「そういうのがデリカシーがないっていうの。男って本当に未練がましいんだから。金庫を捨てなかっただけ心が広いと思いなさいよ」

八重はじろりと光秀を睨む。

「だけど、親父がそんなにもてたとは思えないだろ？　誇張《こちょう》なんじゃ……」

「道を歩くと女が貢ぎたがって、こりゃ人間だめになるって海外に逃げたって？　あれが誇張なら立派な大ぼら吹きじゃない」

「うーん。写真の一枚も残ってれば信じたんだけどなあ。お袋が全部燃やしちまったみたいだし……まあ年寄りにはもてたけど」

「どうして燃やしちゃったんですか？」

兄妹《きょうだい》の会話に口を挟んだこずえは、「もういっぱいお茶どうですか？」と取り繕《つくろ》うように尋ねた。

「もらおうかな」と光秀が湯呑みを差し出し、改まって言葉を続けた。

「集合写真以外は全部女と写ってたらしい」

それはまたずいぶんな理由だ。こずえはヤカンをコンロにかけて会話に耳を傾ける。

「……あの金庫の中身が女関係だったらどうするの？」

「親父の遺言書通りにするしかないだろ。秘密は墓穴まで持っていくって。……お袋、他人の表情を読むの天才的だってのに、面倒なこと押しつけていくんだから……」

「そこは兄さんがうまく伝えてよ。長男なんだから」

うえええ、と、光秀は顔をしかめた。思い出の品が出てくるより金目のものが出てきたほうが嬉《うれ》しいのは、なにも懐《ふところ》を潤《うるお》したいという理由だけではないらしい。

箱の中身は開けてみないとわからない。

それは、故人《こじん》が残した〝秘密〟。

静謐《せいひつ》な空気が別のなにかにすり替わったような気がして、こずえは数えきれない秘密をかかえた店内を見回した。二杯目のお茶を振る舞っている途中、店内からカチッと硬い音がして、曲輪田弁護士が腰を上げる。弾《はず》みで椅子が転がり、彼は慌ててそれを戻した。

「す、すみません。鍵、開きましたか⁉」

尋ねる声がうわずっている。ぐいっとお茶を飲み干して八重が台所から飛び出すと、隆敏、光秀、菊乃と続いた。

「ご確認ください」

淀川は相変わらず抑揚《よくよう》なくそう言って、蓋の浮いた手提げ金庫を差し出した。光秀が両手でしっかり受け取って、曲輪田弁護士に問うような眼差《まなざ》しを向ける。

「開けてください」

金目のものか、それともまったく価値のないものか――無関係なこずえさえ、台所でそわそわと次のリアクションを待った。とたん、光秀が「あっ」と声をあげた。

光秀が金庫から取り出したのは黄ばんだ三通の封筒だった。角が折れ、金庫内の錆《さび》を拾ってところどころが茶色く変色している。

「国際郵便？　英語……じゃ、ないよな？」

「まさか、フランス女から届いた手紙？　どうするのよ！」

「ど、どうするって……」

光秀が言葉を濁《にご》すと、八重が手紙を奪い取って封筒同様に汚れた便せんを取り出した。皆が八重を取り囲み、こずえも台所から出てつま先立ちで手紙を覗き見た。

便せんには流麗な文字がびっしりと並んでいた。

みんながわいわいと騒ぐ中、淀川だけが興味なさげに茶をすすっている。

その手が、おまんじゅうに伸びた。

「ああ！」

来客用に買ったおまんじゅうは大好評で、残るは淀川の手元にある一個のみ――未練のせいで声をあげたこずえは、淀川に睨まれて台所に逃げ込み、じっと彼の手元を見つめた。ぴくりと長い指が引きつる。あのおまんじゅうを賞味できるなんて羨《うらや》ましくて仕方がない。ぎりぎりと見つめていると、おまんじゅうの上を行ったり来たりしていた彼の手は、最終的に湯呑みを摑んで落ち着いた。

「これ、フランス語ですね。読んでみますか？」

「曲輪田先生、読めるんですか⁉　まー、さすが、弁護士の先生！」

「あ、いえ、読めるというか、少しわかるという程度で……大学でフランス語を専攻していたんです。参ったなあ。これで読めなかったら恥ずかしいな」

曲輪田弁護士は頭を掻《か》き、手紙を受け取ってじっと文面を目で追った。ぺらりと一枚めくり、さらにもう一枚。五枚に目を通し、最後の一枚で手を止めた。

「これ、アンヌって方からの恋文《こいぶみ》ですね。ここからここまで〝愛しています〟って書いてあります。それで、最後のこの部分は〝あなたのことが忘れられません〟と」

指でたどって説明する。便せん五枚にぎっしりと書かれた〝愛しています〟の文字――怖くなる手紙だ。

「じゃあこっちは？」

八重はもう一通取り出して曲輪田弁護士に渡した。二通目は故人との思い出が熱くつづられていた。そしてこちらも、届かぬ思いを嘆《なげ》くような言葉で終わっている。

「三通目は……あら、からっぽだわ。兄さん、どうする？　お母さんになんて伝える？」

すごいものが出てくるかと期待したこずえは内心でがっかりした。それに対し、大人たちは渋面である。一番出てきてほしくないものが出てきたからだ。

「素直に言うしかないだろ。金庫の中身は手紙で、女の片想いだったたって」

「片想いって……未練があるから手紙を捨てなかったんでしょ？」

「武勇伝だろ。大目に見てやれよ。あ、鍵屋さん。この金庫って値打ちもの？」

「骨董品ですが保存状態がよくありません」

湯呑みをテーブルに置き、淀川はあっさり返す。恋文を入れた〝宝箱〟。響きはロマンチックだが、弁護士を引きつれてやってくるほどの価値はなかったらしい。

彼らは苦笑いとともに互いの顔を見合わせた。

「金庫と手紙、そちらで始末してください。料金、いくらですか？」

長い長い溜息のあと、光秀が財布を開けた。

一同は鍵屋を出ると北風に身をすくませながら和菓子屋を覗き込み、まだ開いてないのを見て取るといっそうがっかりし、もと来た道を戻っていった。

3

「……金庫に入ってるものがすべて価値があるってわけじゃないからな」

引き戸から顔を出し、遠ざかる背を見送っていると、頭上から低い声が聞こえてきてこずえはびっくりして身をすくめた。振り返ると相変わらずの不機嫌顔が一塊《ひとかたまり》になった灰色の影を見つめている。視線が合うと彼は思案顔になった。

「な、なによ！　心配しなくてもちゃんと出ていくから……」

「お茶、淹《い》れてくれ」

言葉を遮《さえぎ》るように要求し、淀川《よどがわ》はくるりと背を向けた。

「なんで私がお茶淹れなきゃいけないの？」

「まんじゅう食いたくないのか？」

言われてはっとする。テーブルの上には、見事な薄皮まんじゅうがこずえの訪れを待っていた。子どもの頃は、母とお団子やわらび餅を作るのが楽しみだった。料理が苦手な彼女が失敗なく短時間でできるお菓子、それが和菓子だ。こずえにとって、和菓子はとても身近な食べ物だった。

こくりと喉《のど》が鳴る。皆が満足していた姿を思い出し、期待が高まった。

金庫が気になるのか、淀川は再び器具を手に椅子《いす》に座り直した。おまんじゅうはテーブルの上だ。淀川の手が通りすぎるたびにドキドキしてしまう。

おまんじゅうの魅力に負けたこずえは、湯呑《ゆの》みを回収して台所に戻った。湯を沸かすあいだにテーブルの上を片づけ手早くお茶を淹れる。淀川のもとへ戻ると、彼はやはり金庫をいじっていた。彼の近くに湯呑みを一つ置き、通路を挟んだ隣のテーブルにもう一つ置いて椅子に腰かける。

「なにしてるの？」

おまんじゅうは目の前だった。そわそわと尋《たず》ねると、淀川は金庫の中に指を突っ込み、小さな鉄板をつまみ上げた。

「……え？」

次に取り出されたのは少し厚めの紙――否《いな》、写真だった。三枚ある。ごちゃごちゃのテーブルの上に、淀川が裏返しに写真を三枚並べた。写真は裏からでもそれとわかるほど傷み具合がバラバラだった。

こずえは混乱した。金庫には封筒が三通入っていただけだったはずだ。

「これ、今、金庫から出てこなかった？」

「この手の金庫は二重底になってるのも多いんだ。たいしたものは隠せないけどな」

「知ってたなら、なんで……」

「どうせろくなものは入ってない」

淀川がにやりと笑う。思わず身構えたくなるような人の悪い笑みだ。

「だ、だけど、仕事でしょ？　知ってるなら黙ってちゃだめじゃない」

「だめ？　どうして？」

「嘘《うそ》をついたことになる」

嘘をつくのはよくない。そんなことは常識だ。淀川は仕事として請け負ったのだから、どんな結果をもたらそうとも包み隠さず伝えるべきだ。それに。

「――嘘をつかれたら、傷つく」

ずきんと胸の奥に鈍い痛みが広がった。信頼を裏切る行為――それは決して許されないものだ。それなのに、胸を押さえるこずえを見て淀川は鼻で軽く笑った。

「ガキか。嘘をつかずに生きていける人間なんていない。自分に嘘をつくか、相手に嘘をつくかの違いだ。相手を傷つけたくなかったらうまく嘘をつけばいい」

こずえは断言する淀川を睨《にら》んだ。しかし、彼は動じた様子もなく一番古いと思われる傷みの激しい写真を表に返した。白黒写真だ。そそり立つ尖塔《せんとう》の城を背に、若い男女が仲むつまじく寄り添っていた。どちらも目を見張るほど整った容姿だった。鼻筋の通った男はさわやかに微笑《ほほえ》みながら女の腰に手を回し、豊かな髪を風に遊ばせる彼女もまたうっとりと男を見つめて微笑んでいた。

淀川がもう一枚めくる。次はゆったりとした服を着たお腹《なか》の大きな女の写真。微笑んではいるが、どこか寂しげな雰囲気である。

こずえはゴクリと唾《つば》を飲み込んだ。

恋人との写真、そして妊娠した姿の写真――子どもの父親が誰なのかなど問うまでもない。最後に表にされた写真は、ウエディングドレス姿の女性と中年女性の写真だった。互いの腰に腕を回す二人は幸せそうに微笑んでいて、この写真だけがカラーである。一瞬、母親と写っているのかと思った。しかし、違和感がぬぐえない。

こずえが目をこらすと、淀川が一枚目の写真に写っている女性の首元を指さした。鎖骨《さこつ》の辺りに大きなホクロがある。二枚目の写真の女性にも同じ場所にホクロがあった。そして、三枚目の写真――中年の女性の鎖骨にも、同じ位置にホクロがあったのである。

「え？　だったら、このウエディングドレスの女の人は？」

「布施川《ふせがわ》氏と〝フランス女〟の娘だろうな」

仲むつまじい恋人たちの写真、お腹の大きな女の写真、そして、娘の結婚を祝福する女の写真――淀川が、それら三枚の写真をさっき皆が見ていた封筒の上に置いていく。

「……う、浮気どころか……」

こずえは言葉を呑《の》み込んだ。故人《こじん》は、未練で埋まった手紙を読んでどう思ったのか――もはや答えられる者はなく、すべては金庫よりさらに深い場所に隠されてしまった。

押し黙るこずえをちらりと見て淀川が溜息《ためいき》をついた。

「お前、ガキだな」

再び断言され、こずえはカッとなって顔を上げた。

「な、なんで!?　こんな大事なこと、家族に言ってなかったんだよ!?　それって騙《だま》してたってことと同じでしょ！　裏切り行為じゃない！　そんなの……」

許されるはずがない――そう訴えるこずえの額《ひたい》を、淀川が人差し指で弾《はじ》いた。

「いたっ!」

「伝えてなにか解決するのか? これだって誠意があるじゃないか。秘密を墓場まできっちり持っていったんだから」

台所での会話が聞こえていたらしい。淀川は三枚の写真を手に台所へ向かい、コンロに火をつけ写真をかざした。

写真の表面がぷつぷつと膨らみ、熱にぐにゃりと丸まった。そして、あっという間に燃え上がる。

「な、なにしてるの⁉」

「アフターサービス。金庫と手紙は俺が譲り受けたものだし、こんな写真渡されても困るだろ。これで秘密は守られ一件落着。めでたしめでたし」

淀川は抑揚《よくよう》なく告げ、燃える写真を流し台に放り込んで水をかけた。

詐欺《さぎ》だ。犯罪だ。確かに手紙も金庫も淀川が受け取ったものに違いない。だが、これでは証拠隠滅《しょうこいんめつ》と同じではないのか。

「同意書を書いてもらったのに!」

「ああ? あれは俺が仕事しやすいように頼んだだけだ。ちょっと傷つけたら、それを理由に強請《ゆす》るクレーマーがいるからな。傷つけずに開けるのがプロだが保険は必要」

「なにそれ！」

「常識だ」

この男、信用ならない。だが、文句を言っても言い負かされてしまいそうで、こずえはぎりぎりと唇《くちびる》を噛《か》んだ。

「……騙されたくないなら知識をつけることだ。……まあ、騙されてたほうが幸せなことも往々《おうおう》にしてあるが」

淀川は椅子に腰かけておまんじゅうを皿ごと差し出してきた。このまま食べたら買収されたみたいで気分が悪い。むすっとして横を向いた。

——しかし。

「いらないのか？」

ほれほれと皿を突き出され、こずえはぐうっと全身に力を込めた。皿で頰《ほお》をぐりぐりとつつかれてちょっとイラッとした。

「食わないのか？　まんじゅういくつ買ってきたんだ？　お前のぶんは？」

無遠慮に問われ、こずえは皿ごとおまんじゅうを奪い取った。

「お金！　勿体《もったい》なかったの！　悪い⁉」

「金？　ああ、なるほど。……で、お前、いつ帰るんだ？」

いきなり話題が変わり、脈略のない会話にこずえの肩が不自然に揺れた。勢いで摑《つか》んだ薄皮まんじゅうが、中途半端な位置で止まる。

家を飛び出したこずえを、母は追いかけようともしなかった。

どんなに忙しくても、こずえの誕生日である十二月三十一日だけは毎年必ず休みを取ってお祝いしてくれた。それなのに、今年はその予定さえなかったのだ。たわいない話をしてすごす一日がどれほど幸せだったのか――それに気づくとじわりと涙が浮かぶ。

無言でうつむくこずえの指からおまんじゅうの重みが消えた。

「ん。……まあまあか」

身を乗り出した淀川が、おまんじゅうを口に押し込んで椅子に座り直した。われに返ったこずえは、淀川の顔と自分の手を交互に見て、とっさに彼の口に手をかけた。

「吐けえええええ！　私のおまんじゅううう!!　なんで勝手に食べてるのよお！」

怒りが悲しみをわずかに上回る。

「食いたくないから渋い顔してたんじゃないのか！」

「食べたかったのに！」

憤懣《ふんまん》をぶつけるように、淀川の口に親指を突っ込んで涙目でがんがんふる。

「俺のヌード見た代金だ」

「私が払ってほしいくらいよー‼　慰謝料ー‼」

真っ赤になって訴えていると籠《こ》もったような電話の音が聞こえ、こずえは反射的に淀川から手を放した。頬をさする淀川にじろりと睨まれたこずえは、濡《ぬ》れた手をぶんぶんとふりながらも負けじと睨み返した。

ふいに指先で呼ばれ、こずえは恐る恐る淀川に近づく。次の瞬間、淀川の太い腕がこずえの首に回り、軽々と体を反転させられた。

「ぎゃあ！」

こずえの首を背後からがっちりと固定した淀川は、そのまま骨董品《こっとうひん》の中に手を突っ込んで古びた黒電話を引っこ抜く。

「暴《あば》れたら絞め落とすぞ」

殺気を込めてささやかれ、じたばたと暴れていたこずえはぴたりと止まった。

「淀川鍵屋です。はい、……金庫の？　ええ、大丈夫です。ちょっと待ってください」

不機嫌を体現するかのように低い声が背中に直接響《ひび》いてくる。きっちり首の下に回された腕の逞《たくま》しさにこずえは真っ青になっていた。このまま絞められたら本当に危険だ。ガタガタ震えるこずえをよそに、淀川は受話器を耳と肩で挟むと黒電話の本体とこずえを手に隣のテーブルに移動し、骨董品の中からペンとメモを取り出した。

「すみません、どうぞ」

彼は黒電話を椅子の上に置くとメモ帳にペンを走らせた。そして、書き取ったものを復唱して電話を切り、ようやくこずえを解放する。

こずえは一気に台所まで後退し、ついたて越しに淀川を睨んだ。動揺しすぎて心臓がバクバクと異様なほど速かった。

「お前、仕事は？」

一瞬、淀川がなにを訊《き》いているのかわからなかった。

だがすぐに、二十一歳だと伝え、訂正し損ねたままであることを思い出した。嘘をつかれると傷つくと言っておきながら、こずえ自身も嘘をついている。

本当は高校生で、母親と喧嘩《けんか》して家を飛び出し、今は帰る場所さえなく――。

独り、ぼっちで。

「――リストラされたのか？　家はどこだ？」

今まで暮らしてきた場所を〝家〟と呼んでいいのかもわからない。

答えられず、こずえはぐっと唇を嚙む。

「……住所不定無職、か」

淀川はあっさりと納得し、ストーブを消してこずえをついたてから引きはがし、黒いカバンとコートを肩に引っかけた。

「な、なに⁉　放して！」

「いいから来い」

抵抗したが、腕を摑む淀川の力が強すぎてうまくいかない。焦るこずえに向かって淀川が、感謝しろといわんばかりにこう言い放った。

「喜べ。俺がこき使ってやる」

遠野《とおの》こずえ、十五歳、高校一年生。家出中。

淀川嘉文《よしふみ》、二十四歳、鍵師《かぎし》。

これが二人の出会いだった。

第二章

猫と和菓子の関係

1

こずえは、訳のわからないまま助手席に押し込まれ、訳のわからないままよそ様の家に行き、訳のわからないまま小鳥のようにさえずり続ける奥様の話し相手をさせられた。

その途中で電話が鳴った。マンションの鍵を替えてほしいという大家《おおや》からの依頼だった。

仕事が終わると休む間もなく指定のマンションに向かった。

「さすが腕利きの鍵師《かぎし》！　淀川《よどがわ》さんは、迅速丁寧《じんそくていねい》、職人の鑑《かがみ》だ！」

恵比須顔《えびすがお》の大家は淀川を絶賛し、

「もうちょっと愛想がよかったらねえ」

と、実に残念そうに続けた。大家が言うように、淀川は呆《あき》れるほど無愛想だった。自分から積極的に話したりしないので、なにを考えているのかよくわからない。賛同して何度もうなずいていると、気をよくした大家からお酒のお供、柿の種をもらった。

一日ぶりの食べ物だ。両手でしっかり持って感動していると、淀川に首根っこを掴《つか》まれて助手席に放り込まれた。

「メシ食わせてやる。だから、それ開けるなよ」

「ご……ごはん？」

お腹《なか》がすきすぎて心が揺れ、はっとわれに返って淀川を睨《にら》みつけた。シートベルトをしたままじりじりとドアにへばりつくと、淀川が呆れたように溜息《ためいき》をついた。

「お前は野良猫か」

細い道を走っていた車が砂利《じゃり》の敷き詰められている駐車場に停《と》まる。ちらりと外をうかがうと、トタン板《いた》を真っ赤に塗った物置のようなラーメン屋があった。駐車場には車が三台、時刻は十四時すぎ――『俺様直伝の店』と書かれた奇妙なのぼりがはためいていた。

「眺めてないで降りろ」

先に車を降りた淀川が、いきなりこずえがしがみついていたドアを開けた。

ぐらりと体が傾く。淀川が手を伸ばし、前のめりになったこずえを引っぱり出して車を施錠《せじょう》した。まるで荷物だ。真っ赤になって怒ったが、淀川は気にも留めず、こずえを小脇にかかえてラーメン屋に向かった。

「お前、もう少し食え。食って太れ。身長のわりには軽すぎるぞ」

「標準だから！　っていうか放して！」

叫んだら淀川の腕から力が抜け、視界ががくんと大きく揺れた。慌てて彼の服を掴み、持ち直されてほっと息をつく。鼻で笑った淀川がアルミの引き戸を開けた。

「らっしゃー……い？」

腹に響《ひび》くようなだみ声が途切れる。カウンターが十席、テーブル席が四つ、客はこずえたちを除いて三人だけ。カウンターの奥にある厨房《ちゅうぼう》には、十二月だというのにランニングシャツを着た筋骨隆々の禿頭《はげあたま》の巨漢がいて、淀川にかかえられたこずえを見て軽く首をひねった。

奥の空席で下ろされると、こずえは勢いよく壁に張り付いた。逃げ道である出入り口側に淀川がいたためだ。

「な、なにするのよ、なにするのよ！　落ちたら危ないでしょ――!?」

「あー、なに食べる？　おすすめはチャーシューメンと野菜ラーメン。それから餃子《ぎょうざ》」

「人の話聞きなさいよ！」

こずえが怒鳴ると淀川が椅子《いす》に腰かけ、厨房に顔を向けた。

「親父《おやじ》、チャーシューメンと水一杯」

「や、野菜ラーメン！」

「――訂正。チャーシューメンと野菜ラーメン」

こずえと淀川のやりとりに店主がぶっと噴き出した。オーダーが繰り返されるのを聞きながら、こずえは真っ赤になって淀川を睨む。とんとんと指でテーブルをつつかれ、仕方なく向かいの席に腰かける。いいように遊ばれているようで腹が立つ。しかし、改まって文句を言おうにも、真正面から睨まれると体が固まってしまう。

「お前がいて助かった」

唐突な謝意にこずえは狼狽《うろた》えた。横暴な彼からそんな言葉が聞けるとは思わなかった。

「な、なに、急に？」

「小うるさい客には同じ種類の小うるさい人間をあてるのが一番だ。なんで今までこんな簡単なことに気づかなかったんだ」

「こ、……小うるさい……？」

「朝一で手提げ金庫を持ってきた一群やさっき仕事した婦人、それから大家も。ああいうのはとにかくずっとしゃべってるからな」

「暴言！　お客様を小うるさいって、接客業失格！」

淀川はふんと鼻を鳴らした。

「生憎《あいにく》と接客業じゃなくて技能職だ。それよりお前、どうせ暇なんだろ？　俺が雇ってやる。時給０円、住み込みでメシ付きだ」

「ブラック企業――!!」

「悪い話じゃないぞ。俺おすすめのうまいメシが食える」

ブラックだ。どう考えても真っ黒だ。ここまで白い部分が皆無なバイトを堂々とすすめてくる淀川の気が知れない。

「風呂も」

その一言に、カッと頰《ほお》が熱くなった。すのこの上にひらりと舞い落ちたタオルを思い出し、こずえはブルブルと震えた。

だいたい、なぜこんなことになっているのか──いいように連れ回される状況に憤《いきどお》り、同時に行く場所がないことを思い知る。胸の奥に一瞬で動揺が広がった。

行くあてがない。泊まる場所もない。感情のまま家を飛び出してみても、結局こずえは誰かに頼らなければ生活さえできないのだ。

唇《くちびる》を嚙《か》んでうつむいていると目の前にラーメンのどんぶりが置かれた。

「野菜ラーメン、おまち」

はっと顔を上げると、強面《こわもて》の店主がニカッと笑った。

「あ……ありがとうございます」

頭を下げてどんぶりを引き寄せる。野菜ラーメンにはもやしとキャベツ、コーンがたっぷりのっている。スープは醬油《しょうゆ》。向かいに置かれたどんぶりには、注文どおり分厚いチャーシューが扇状に広げられ、こんもりとネギが添えられていた。こちらは豚骨《とんこつ》醬油味らしい。脂《あぶら》でぎらぎらしているもののおいしそうだった。

「ほら、チャーシューメン。うちのラーメンが日本一だ、味わって食え」

店主の言葉を聞いていた淀川は、上着のポケットをさぐり、考えるように腰を浮かした。しかし、店主に肩を押さえつけられて再び椅子に腰かけることになる。

「……おい、どこ行く気だ？」

「ちょっと車に忘れ物を」

「おとなしくそのまま食え。マイ一味唐辛子なんて持ってきたら二度と食わせねえぞ」

店主にすごまれ、淀川は渋々と箸《はし》を手にした。

「……ったく、よしくんが珍しく機嫌がいいと思ったら」

「よしくんはよせって言ってるだろ」

どこをどう見れば機嫌がいいと判断できるのかわからない。機嫌がいいどころか不機嫌顔だ。「よしくん」という愛称さえ浮いて聞こえる。

「……よしくん？」

なんとなく繰り返すと、心底嫌そうな顔で睨まれた。

「淀川だ、淀川」

「淀川」

「さんをつけろ」

自分で言ったくせに怒られて、こずえは少しむっとした。テーブルに置かれた箸立てから箸を抜き、素早く割って狙《ねら》いさだめて向かいのどんぶりに伸ばす。

「チャーシューいただき！」

「おい！」

おまんじゅうのお返しだ。制止の声を無視して口に放り込むと、厚切りチャーシューは口の中でほどけるように崩《くず》れた。しっかり煮込んだ濃いめの味付け。肉汁が口の中で広がって、思わず笑みがこぼれた。

「もう一枚！」

叫んでつまもうとしたチャーシューが、横から伸びてきた箸に奪われた。別のチャーシューに標的を変えるが阻止《そし》される。さらに別のチャーシューに標的を変えたらどんぶりごと後退し、逆に淀川の箸がこずえのどんぶりから大量のもやしを略奪していった。

「ああ！　私の！」

「お互い様だ」

もさもさともやしを頬ばる淀川が鋭くこずえを睨んだ。

「……私のおまんじゅう、食べたくせに」

ぴたりと淀川が動きを止めた。もともと一泊の恩義と買ったものだ。しかし、譲ってくれると期待したぶんショックは大きかった。肩をすぼめてしょぼくれていると、考えるように自分のどんぶりを眺めていた淀川が、チャーシューを一枚つまむなりそろりとこずえのどんぶりに移動させた。野菜の上に、チャーシューが一枚。じっと見ていると、淀川がさらにもう一枚チャーシューを移動させる。

――二枚だ。増えた。

そのまま動かずにいたらさらに一枚、もう一枚と追加されていく。そして、こずえの野菜ラーメンに奇跡が起こった。燦然《さんぜん》と輝くチャーシューの山ができあがったのだ。おおっと内心で声をあげて淀川を見ると、最後の一枚を見つめ仏頂面《ぶっちょうづら》で葛藤《かっとう》していた。

箸が何度かチャーシューの上を通過する。

迷っている。しかも、かなり真剣に。

その姿に噴き出すと、淀川が顔上げ、迷っていた最後の一枚までこずえのどんぶりへと移動させた。そして、なにごともなかったようにラーメンを食べはじめた。

視線を感じてカウンターを見ると、店主が苦笑とともに片目をつぶった。こずえは小さく息をつき、チャーシューを一枚つまんでそっと淀川のどんぶりに戻した。

こんなことを家でやったら食べ物で遊ぶなと怒られそうだ。

忙しい仕事の合間を縫《ぬ》って、母はいつもこずえのために料理を作ってくれた。失敗することも多かったけれど、冷めた料理を一人で食べることも日常だったけれど、なにも知らずに笑っていられた頃はとても幸せだった。

胸につきんと痛みが走る。こずえはそれを無視し、チャーシューの大半を淀川のどんぶりに移動させ、改めて手を合わせた。

「いただきます」

濃いかと思ったスープは意外とさっぱりしていて、麺《めん》にも腰があっておいしかった。黙々と食べ、胃が満たされてほっと息をつくと、店主が杏仁豆腐《あんにんどうふ》を運んできた。

「サービスだ」

「……俺には?」

「男にサービスしたってなんの得にもならねえだろうが」

「お前の下心はわかりやすくていいな」

はあっと淀川が溜息をついた。

「いただきます」

こずえの言葉に店主が片手をあげて去っていく。柔らかく喉《のど》ごしのいい杏仁豆腐はよく冷えていて、ラーメンを食べてあたたまった喉には心地よかった。

食事が終わる直前、淀川の携帯電話が鳴った。

「淀川鍵屋です。……はい、車ですね。大丈夫です。場所を教えていただけますか?」

問う声は相変わらず抑揚《よくよう》もなく無愛想だ。そんな淀川の声につられるように、受話器から漏れてきたうわずる声がすっと落ち着いていった。

こずえがスプーンを置くと、淀川が通話を切って立ち上がった。

2

淀川嘉文《よどがわよしふみ》、二十四歳。可能な限り無傷で解錠《かいじょう》することを旨《むね》とする鍵師《かぎし》。

電話一本で即対応、簡単な雑用も引き受け、秘密は厳守する。

——彼は、とても寝不足だった。

昨日は警察署に呼び出され、朝から晩まで現場に缶詰状態だった。ようやく解放されたのが二十三時——帰り道で泣いている女を見かけ、ペンダントを投げつけられた。買ったばかりの『本格甘酒』を渡したら、なぜか酔っ払って店に押しかけてきた。通報しようとしたら「お母さんと喧嘩《けんか》したから帰りたくない、自分はもう大人だ」とごねまくり、泣き疲れて眠ってしまった。所持品は財布とハンカチ、ティッシュなどごく最小限。反応と持ち物からすぐに訳ありだと察した。ぼうっと思案しながらペンダントの鎖《くさり》を直し、仕事の苦情を入れるついでに知り合いの警察関係者に連絡を入れた。

女をそのまま廊下に転がしておくわけにもいかず、二階に運ぼうとした。だが、眠気に勝てずに一緒に爆睡――浅い眠りを繰り返し、丸くなる女に気づいて自分の上着をかけてやった。寒さで眠りがますます浅くなったが、起きるほどの気力もなく、湯たんぽ代わりに女を抱きしめ眠り続けた。

――本当は、放り出してもよかったのだ。

朝は確かに放り出すつもりでいた。行くあてがなければ家に戻るだろう。親と喧嘩なんてよくあることだ。家出だって珍しくもない。淀川自身も喧嘩をしては家を飛び出し、祖母の家だった鍵屋に転がり込んでいた。その頃、鍵屋は淀川にとって避難場所だった。

そこに、今度は全身の毛を逆立てた猫が転がり込んできた。

この猫には避難場所がないのかもしれない。

とりあえず、しばらく飼ってみることにした。飽きればそのうちに出ていくだろう。野良猫なんてそんなものだ。

淀川はそう考えた。

仕事が一段落ついて電話も鳴らなかったので、鍵屋に戻った淀川は、女――こずえに、適当に時間を潰《つぶ》すよう言って二階に上がり、せんべい布団にもぐり込んだ。盗《と》られて困るものもなかったのでとりたてて注意もしなかった。

もし仮に、淀川が寝ているあいだに彼女が出ていくのならそれもいい。

刹那《せつな》の出会いに、彼はさしたる期待もしていなかった。


黒電話の古めかしい音で目が覚めた。

しかし、寝起きの頭ではすぐに状況が呑《の》み込めなかった。障子《しょうじ》の向こうが薄暗い。腕時計を見ると、十六時十分――出かけることが多いため暖房器具の類《たぐい》は一階にしかなく、淀川の部屋にはどっしりと冷気が居座っていた。

電話は五コールで携帯電話に転送されるように設定してあった。しかし転送前に切れてしまった。のそりと起き上がってあくびを噛《か》み殺していると、廊下から軽快な足音が聞こえ、ふすまが叩《たた》かれた。

「淀川さん、電話だけど」

聞き慣れない女の声だ。疑問符とともにふすまを開けると白い服の女が立っていた。じっと見おろし、ようやく思い出した。甘酒で酔っ払った娘、こずえだ。一拍あけてこずえが後ずさる。それどころか、階段を数段下り、手すりの柵から顔を覗《のぞ》かせた。

猫だ。間違いない。あの動きは野生だ。じいっと淀川を見つめて警戒する姿など、逃げるタイミングをうかがっている獣《けもの》にそっくりだ。

「で、電話。……仕事みたい」

こずえはぼそぼそと告げる。ラーメン屋に行ったときは少し慣れてきたのかと思ったのに、寝ているあいだに野生が戻ってきたらしい。年若い娘を抱きしめたり抱きかかえたり、裸を見せたり脅《おど》したりとさんざんしたくせに、彼はそのことをすっかり忘れ、寝ぼけた頭で猫が懐かないことに落胆した。

淀川が部屋を出ると、こずえがさっと階段を下りていった。あとを追うように一階へ下り、黒電話の受話器を手にする。直後、電話越しに女が泣きそうな声で訴えてきた。

『早く帰るつもりで鍵を持って家を出たんです』

と。急を要する電話は、相手も混乱していて要領を得ない場合がある。どうやらそのパターンの依頼らしい。

「どこの鍵ですか?」

『い、家の鍵です。帰るのが遅れて、む、娘が外で待ってるんです! 引っ越してきたばかりで知り合いもいなくて、たまたま登録しておいた鍵屋さんがそちらで』

「警察へは？　通報しましたか？」

『警察⁉　え、いえ、警察ですか？』

　一番安全に保護してもらうなら警察だ。しかし、電話の主は混乱し、しどろもどろになってしまった。場所を訊《き》くと車で二十分の距離だった。鍵屋の仕事の中で多いのは、玄関、風呂場、トイレのドアの解錠と取り替え、そして車の解錠である。もっとも、インロック自体は減っているので、車に関しては仕事の内容が変わりつつある。

　簡単な確認をすませた淀川は、冷水で顔を洗い、頭が少し回転しはじめてから車に乗り込んだ。こずえが助手席にいないことに気づいたのは、しばらく走ってからだった。

「しまった、持ってくるのを忘れた」

　こずえを取りに戻ろうかとも思ったが、寒空の下、子どもを待たせておくわけにもいかない。赤信号を睨《にら》んで逡巡《しゅんじゅん》したが、青になるとアクセルを踏んだ。

　道路は思ったよりすいていて、現場付近までスムーズに移動できた。言われた通りの場所に公園があり、駐車場に車を停《と》めて愛用の黒カバンを手に、メモを頼りに目的の家を探す。日が落ちたせいか大気は肌を刺すように冷たく、自然と早足になった。電話越しに聞こえた女の必死な声を思い出すと鼓動《こどう》が嫌な具合に跳ねた。

　街灯の下で携帯電話を取り出したとき、運良く目的の家を見つけた。

玄関の前で、ピンクのコートを着た幼い少女がうずくまっている。

「こんばんは、さちちゃん？　お母さんから電話があったかな？　これからお兄さんが鍵を開けるんだけど、そっちに行ってもいいか？」

淀川はよく顔が怖いと言われる。どうやら、いつの間にか眉間《みけん》にシワが寄っているらしい。しかも声が単調で気味が悪いと定評だ。そのため、できるだけ丁寧《ていねい》に話しかけた。

洒落《しゃれ》た曲線を描く門の前で手をふると、少女の顔がぐにゃりと歪《ゆが》んだ。

しゃくり上げ、小さな肩が揺れた。

「うあああああん」

闇《やみ》に響《ひび》く泣き声に淀川が後ずさった。道行く主婦が怪訝《けげん》そうな顔で淀川を見る。

「怪《あや》しい者じゃありません。あ……この子、深沢《ふかざわ》さんのところのお嬢さんですよね？」

淀川と少女をじろじろと見比べた主婦は、うなずくなり逃げるように去っていった。少女が依頼主の娘なのは確認できた。安堵《あんど》と脱力感に肩が落ちた。

「やっぱ持ってくればよかった、あの女」

こずえは有用だ。親族が押しかけてきた一件目の手提げ金庫のときは、弁護士だけ残して全員店から追い出そうかと思っていたところで台所に誘い出してくれた。二件目の婦人のときもうまい具合に会話の主導権を握って淀川から遠ざけた。三件目のマンションの大《おお》家《や》は、お得意様ではあるのだが、やれ愛想がないだのノリが悪いだのと依頼のたびに三時間は文句を言われていた。こずえはそれを三十分という最短時間で収めてしまったのだ。

こずえは警戒心が強いくせに好奇心も強い。まさにネコ科の生き物だった。

それを忘れてきてしまったのだ。痛恨《つうこん》のミスに息をつき、携帯電話の着信履歴から最新の番号を表示して通話ボタンを押す。ツーコールで繋《つな》がった。

「淀川です。娘さんが玄関ドアの前で泣いてるんで、なだめていただけませんか？」

繋がると同時にまくし立て、スピーカーにしてできるだけ少女に近づくよう手を伸ばす。

『え？　さ、さっちゃん？　さっちゃん、聞こえる？　もう大丈夫よ』

わんわん泣いていた少女がぴくりと肩を揺らして辺りを見回した。しゃくり上げ、ウエストポーチから玩具《おもちゃ》のような携帯電話を取り出す。

『このお兄さんが、さっきママが言った鍵のお兄さんよ。だから泣かなくても大丈夫』

少女が淀川の持つ携帯電話に気づき、目をごしごしこすって近づいてくる。

「ママ？」

『さっちゃん、寒かったわね。早く鍵を開けてもらって、お家《うち》に入りましょうね』

「……うん」

ぐすぐすと鼻をすすりながらうなずくのを見て淀川はいったん電話を切った。

「そっちに行っていいか？」

慎重に尋《たず》ねると、少女は戸惑《とまど》ったように後ずさり、一拍おいてうなずいた。淀川はほっと胸を撫《な》で下ろしながら門を開け、少女のもとへ近づいた。そろりと後退するところを見るとまだ警戒されているらしい。大人なら無愛想でも適当に理由をつけて納得してくれるが、子どもはそうはいかない。実に扱いづらい生き物だ。

「鍵のお兄さん？」

確認されてうなずくと、少女はするすると玄関の前からどいてくれた。道具箱からペンライトを取り出して鍵穴を照らす。古い型の鍵だ。写真を撮ってから愛用のL字形のテンションレンチを差し込み、先の尖《とが》ったダイヤモンドピックを取る。

指先の感覚を確かめるようにゆっくり棒を動かすと少女が一歩近づいてきた。

「なに、してるの？」

顔を上げるとまた怖がられそうなので、端的《たんてき》に「鍵を開けてる」と答えた。また少し少女が近づいてくる。どうやら淀川の手元が気になるらしい。ちょっと体を横に傾けてやると身を乗り出すようにして覗き込んできた。

「鍵は？」

「いらない」

鼻をぐすぐすいわせていた少女は驚いたように淀川を見た。

「さちはね、鍵がないとお家に入れないの。でも、今日は、鍵がないの。パパも、ママも、鍵がないとお家に入れないの。お兄さんは、魔法使い？」

否定すると泣かれそうだったので、とりあえずうなずいておいた。するといきなり首に抱きつかれた。困惑する淀川とは逆に、少女は目を輝かせて鍵穴を見つめていた。腕が動かしづらかったので膝《ひざ》の上にのせ、鍵穴に再びテンションレンチとダイヤモンドピックを差し込んだ。鍵は程なく開き、玄関を開けると少女は驚きの声をあげた。たった二本の棒でドアを開けたことが意外だったのか、ぺたぺたと器具を触っている。

淀川は携帯電話を取り出した。

「淀川です。今鍵が開きました。娘さんが……すみません、離れないんですが」

ぎゅうっと首にしがみつく少女に困惑しつつ報告すると「すぐ帰るので待っていてもらえますか？」と頼まれた。こういったケースは珍しい。そもそも、依頼主がそばにいない状態で鍵を開けるということ自体が稀《まれ》なのだ。トラブル防止のため免許証などで本人確認をし、場合によっては周りに間違いないか尋ね、同意書にサインをもらい、写真を撮り、解錠したあとは決して鍵に触れない――それが淀川の仕事における基本スタイルである。

断ろうかとも思ったが、鍵一つで喜んでしまう幼い少女を放っておくこともできない。

「玄関に入らせてもらっていいですか？　明かりもつけたいのですが」

了承を得てから玄関に入り、明かりをつけて通話を切った。引っ越したばかりと聞いていた通り、廊下には箱がいくつも積み上げられていた。首にしがみついた少女は「魔法使い」と繰り返している。時計を見ると十七時を過ぎていた。

「お兄さんは、どんな魔法が使えるんですか？」

「……箱を開けたり、鍵を直したり、取り替えたり、……いろいろ？」

ぱあっと少女の目が輝く。全部鍵師としての仕事だが、ここは子どもに話を合わせ、おとなしく母親を待つのが得策だ。そうして彼は、いつでも刹那の嘘《うそ》をつく。だがそれを悪いとは思ってはいなかった。

空は飛べますか、とリンゴのように頰《ほお》を紅潮させて尋ねてくる少女に、淀川は神妙な顔でうなずいた。


すぐ、という基準は人によって違う。ほんの一分のこともあれば十分のことだってあるだろう。もちろん、一時間だってあるかもしれない。

廊下に腰を下ろした淀川は、二十分待って不安を覚えはじめた。これはもしかしたら一時間コースなのかもしれない、と。

　家に入って安堵したのか、興奮気味に質問を繰り返してきた少女は淀川の膝の上ですやすやと寝息を立てている。家内とはいえ、このままでは風邪をひいてしまうかもしれない。もう一度依頼主に電話して部屋に移動するか、それとも車内に積み込んである毛布を取りに行くか。思案しながら携帯電話を握ったとき、玄関にノックの音が響いた。

　少女を起こさないよう抱きかかえ、静かに立ち上がる。

　なぜ、ノックしたのだろう。玄関が開いたことは伝えてある。ドアくらい自分で開ければいいものを――そう考えていた淀川は、外を見てあからさまに渋面になった。

　立っていたのは濃紺の制服を着た男である。少し離れた位置に警察官がもう一人立っていた。依頼主が帰宅すれば仕事は終了、そう思っていたが甘かった。

「夜分にすみません。深沢さんですか？」

「いえ。淀川鍵屋です。深沢さんの依頼で、玄関ドアを開けていました」

「鍵屋さん？　プロの方ですか？　身分証かなにか……免許証はお持ちですか？」

　言われてポケットにあった財布から運転免許証を取り出す。警察官は断ってからメモを取り、にこやかに返してきた。

「深沢さんは？」

「……まだ戻ってきていません。電話は繋がりますが」

当然ながら、電話確認で納得して帰っていくことはなく「署まで同行願えますか？」と質問が続いた。子どもをかかえた不審者が家にいたのだ。正しい対応なのだろう。もちろん、納得はできないが。

警察に知人もいる。連絡を取ってもらおうと渋々玄関へ出ると、パトカーに気づいたのか野次馬が集まりだし、その中にはさっき淀川と話した主婦も交じっていた。

目が合うとさっと人込みに隠れた。彼女が通報したのだと察して肩が落ちた。

「こっちです」

警察官がパトカーに誘導する。淀川は、少女に風があたらないよう背中を丸めて警察官に続いた。女の高い声が聞こえたのはそのときだった。

「さっちゃん！　ど、どうしたんですか⁉」

野次馬をかき分けて若い女がまろびでる。騒がしさで目が覚めたのか、少女はごしごしと目をこすりながら辺りを見回し、女を見つけると嬉《うれ》しそうに手を差し伸ばした。

「ママ、魔法使いがいたよ。空も飛べるんだって」

淀川の腕から母親の腕に移った少女は眠たげな声で報告する。警察官が取り決めのように声をかけて状況を確認してきた。

程なく誤解はとけ、警察官は引き上げていった。

野次馬もちりぢりになり、母親は淀川に何度も頭を下げた。ふと時間を見ると、十八時近い。淀川は謝罪に「大丈夫です」とだけ答え、何度もあくびをする少女を見た。

「それより、家の中に。風邪をひきます」

「え、ええ。さっちゃん、お部屋で寝ましょうね？　ごめんね、ママ鍵持っていっちゃって。もっと早く帰れると思ってたのに」

淀川を玄関に待たせ、母親は急ぎ足で廊下の向こうに消えた。部屋に電気がともる。少女と話しているのか、あるいは独り言なのか、母親の声が小さく聞こえてきた。

「お待たせしました！　本当にすみません。ご迷惑おかけしました」

財布を手に戻ってきた母親に改めて名刺を渡す。本当にとんだ目に遭ってしまった。泥棒か、ロリコンか——幼い少女をかかえて家から出てきた見知らぬ男というシチュエーションが野次馬の目にどう映っていたのかと思うと気が滅入《めい》る。

しかし幸いなことに、仏頂面《ぶっちょうづら》がそれを隠してくれた。

「料金の前に、一ついいですか？　こちらに越してきたのは最近ということですが、玄関ドアの鍵が古いままのようです」

「え？　あ、はい。そうですね」

認識が甘いのか、なんの疑問もなく母親はうなずく。

「別の住宅の鍵を使い回している可能性もありますが、防犯性の高い鍵に替えるのをおすすめします。今ついているディスク型の鍵はピッキングしやすい種類で、慣れてれば数秒から数分で開きますから」

そうなんですか、と、やはり戸惑うように言われたので、淀川は器具を手にいったん外に出て、内側から鍵をかけるように頼んだ。カチンと乾いた音が聞こえたのを確認し、テンションレンチとダイヤモンドピックを鍵穴に差し込んで先刻の動きをそっくりそのまま繰り返す。二度目の解錠は、一度目の解錠とは比べものにならないほど簡単だった。

鍵は、五秒で開いた。

母親が呆気《あつけ》にとられてドアを見る。

ディスク型の鍵は今も古い住宅によく使われている。鍵師は鍵の構造を知ってどんなに時間がかかっても開けるのが仕事だが、泥棒は数分で開かなければ手を引くことも多い。リスクを負ってまで鍵にこだわる必要はなく、別のターゲットを探せばいいからだ。

開けにくい鍵というのは確実に防犯になる。

「こんなふうにすぐに開きます。それに、もし引っ越しの際に鍵を替えていない場合、前の住人が合い鍵を使って侵入することも考えられます。道具はありますからすぐに替えることもできますが、ご主人と相談されますか？　カタログを置いておくので……」

「すぐに替えてください！」

母親は真っ青になって叫んだ。泥棒も怖いが、なにより娘に危害が加えられることを恐れているらしい。淀川はうなずき、道具を取りにいったん車に戻った。指先がかじかまないよう軽くこすり合わせ、車に積み込んであった鍵を一瞥《いちべつ》する。選んだのはロータリーディスクシリンダーだ。タンブラーを合わせるのに時間がかかるので、泥棒対策として選ばれる一般的な鍵である。鍵を取り付けて写真を撮り、料金を受け取って領収書を切り、冷え切った車の中に戻った。

エンジンをかけると、ラジオから軽快な音楽とともに弾《はず》むような声が聞こえてきた。盛大に冷気を吐き出すエアコンを切り、溜息《ためいき》とともにアクセルを踏む。渋滞に巻き込まれ四十分かけて家に帰ると、店には明かりがともっていた。

「……消し忘れたのか？」

いつもならこんなことはないのに、そう思って鍵穴に鍵を差し込み、家を出たときはまだ明るかったことを思い出した。

引き戸を開けたとき、淀川は何度も目を瞬《またた》いて後ずさりした。思わず看板を見る。月明かりに『淀川鍵屋』と不格好な文字が浮かび上がった。改めて店内を眺め、すっきりと片づいたテーブルに目をこすった。テーブルに積んであった鍵や金庫の埃《ほこり》が払われ棚に収められている。床も磨かれ、天井《てんじょう》にかかっていた蜘蛛《くも》の巣も消えている。

ぐるりと店内を見回すと、木製のついたてから顔を半分だけ出したこずえが、じいっと淀川の反応をうかがっていた。

「お……お帰り、なさい」

仕事に夢中になりすぎて、昨日拾った〝猫〟が家にいることを忘れていた。

ぼそぼそと声をかけられ、淀川は眉をひそめた。反発するときにはよくしゃべるのに、警戒しているときは言葉数が少ない。こんなに扱いづらい猫ははじめてだ。

「ごはんにする？　お風呂にする？」

――しかも、猫のくせに新妻仕様らしい。押し黙っていると落ち着かないのかそわそわしはじめた。

「じゃあ、メシ」

伝えると引っ込んでいった。昼から時間があったとはいえ、大量にある骨董品《こっとうひん》からして半日でどうにかなる量ではないはずだ。しかし、実際にきちんと片づけられている。台所を覗くと、どこから出したのか土鍋がぐつぐつと音をたてていた。

「冷蔵庫に入ってるもの、勝手に使っちゃったけど大丈夫だった？」

「ああ」

自炊するから食材は入っている。冷蔵庫を勝手に開けるのはマナー違反だが、無頓着な淀川は、料理を作って出迎えられたことに驚いていた。

「大掃除もしちゃったけど……」

「助かった」

時間があると寝ているタイプの淀川は、こずえの行動力に感心していた
土鍋の蓋《ふた》を開け、まず目を惹《ひ》いたのは丸まる投入されたトマトだった。ざっくり切られたタマネギとレタスに少し思考が停止した。豚肉と豆腐、さらにカボチャも入っている。

なるほどこれは。

「一人闇鍋《やみなべ》か」

「創作鍋！」

どっちにしろだめじゃないかと思ったが、一応形は鍋っぽい。椅子《いす》に腰かけ、具をよそったお椀《わん》を渡されてとりあえず一口食べてみた。うまくはない。しかし、まずくもない。純粋に醤油《しょうゆ》の味がした。愛用の一味唐辛子の小瓶《こびん》を摑《つか》み、がんがん振り入れる。天然かつけばけばしい赤、鼻をつく刺激臭、明らかに不自然な色合いへと変貌《へんぼう》するスープがいい。

「あ、あの、よ、淀川さん」

少し離れた位置から声をかけられ、淀川は顔を上げた。テーブルの対角線上に腰かけていたこずえがガクガクと震えながら淀川の手元を見ている。

「かけるか？」

ものすごい勢いで首を横にふった。うまいのに、と胸中で続けてスープをすする。相変わらず『赤鷹堂《あかたかどう》』の一味唐辛子はいい味だ。厳選した一味唐辛子だけを四種類あわせた、他人にはさっぱりよさがわからないらしい淀川のスペシャルブレンドである。

「お前は二階で寝ろ。階段を上がって奥の部屋だ。俺は台所で寝る」

じっと押し黙っているこずえに声をかけると、彼女は驚いたように目を見張った。

「奥……？　それって、淀川さんの部屋じゃないの？」

「手前の部屋は物置だからな。根性出せば寝られないこともないが」

「でも、淀川さんが台所なんて……」

まだ気持ちに整理がついていないのか言葉を濁《にご》すだけで帰るとは言い出さない。淀川は甘辛《あまから》いカボチャを頬ばった。

「だったら同じ部屋で寝るか？」

新たな提案に、こずえが椅子ごと飛び退《の》いた。昨日のように廊下で寝るという選択肢《せんたくし》もあるが、一応は通路だ。なにかのときのために開けておくのが好ましい。台所で寝るのが無難だろう。段ボールを敷けば暖房にもなる。

そんなことを考えながら食事をすませた淀川は、こずえにすすめられるまま浴室へと向かった。こちらも掃除の手が行き届いている。どこから見つけたのか乳白色の入浴剤まで入っていた。至れり尽くせりだ。

「しまった、布団もいるのか。……そうだ、布団なら確か……」

湯船から出た勢いのまま浴室の戸を開けると、ほぼ同じタイミングで、廊下にいたこずえが脱衣所の磨《す》りガラスの引き戸を開けた。

「淀川さん、タオル借りても……」

硬直したこずえの視線がゆっくりと下に落ちていく。顔が一瞬で真っ赤になった。耳も赤い。磨りガラスにかかった手まで色が変わるとは思わなかった。

「いやあああああああ」

見事な絶叫とともに磨りガラスがしなるほど力いっぱい引き戸が閉まった。

「なんで開けるのよ！　見ちゃったじゃない、見ちゃったじゃない！　二回も見ちゃったじゃない!!　バカァァァァ!!」

「減るもんじゃないから気にするな」

磨りガラス越しに、座り込んだこずえがばしばしと廊下を叩くのが見えた。

淀川が脱衣所を横切って磨りガラスを開けると、こずえがもう一度悲鳴をあげた。

「出てこないでー!!」

涙目で言われたので一度引っ込み、先刻脱いだ服を濡《ぬ》れたままの体にまとう。そして、震えるこずえの脇を通り過ぎると裏口から店を出て、隣の建物の裏口に向かった。寒さに鳥肌を立てつつアルミドアのノブをひねると、いつものごとく鍵はかかっておらず、店内から流れてきた熱気が軽く頬を撫でた。

「祐雨子《ゆうこ》、いるか? 祐雨子?」

今は鍵屋と和菓子屋とに分かれているが、もともとは二店とも和菓子屋で、店構えが左右対称なら内装も左右対称だった。鍵屋はほとんど改装をせず当時のまま保存されているのとは逆に、和菓子屋は代替わりとともにさまざまに手を加えられている。しかし、基本的な構造は同じ——淀川はなんの迷いもなく調理場を覗く。すると、蒸し上がったばかりのまんじゅうを頬ばる祐雨子が目をまん丸にして立っていた。仕事が終わってそのまま調理場に入ったらしく、市松模様《いちまつもよう》の小振袖《こふりそで》に紫紺《しこん》の袴《はかま》、レースのエプロン、そして編み上げブーツという和風モダンな和菓子屋の制服をまとっている。

「太るぞ」

「もー、よしくんったらあ」

「よしくんはよせ」

高校の頃に親しくした友人はみんな祐雨子の影響で「よしくん」と呼ぶ。しかも、淀川が睨んでもまったく動じないのだ。祐雨子はにっこり微笑《ほほえ》んで、不格好なまんじゅうを淀川の口に突きつけてきた。顔をしかめて後ずさるも、しつこく追ってくる。

「はい、あーん！」

「お前がそういうことするから俺が和菓子嫌いになったんだろうが」

この女、和菓子屋の看板娘のくせに料理はからっきしで、ごく普通の食材とごく普通の手順で劇薬を作り出す天才である。和菓子作りに目覚めたようだが、いつか新聞記事に載るのではないかと周りを冷や冷やさせていた。

食べられるものを出すだけでも、こずえのほうが可愛《かわい》げがある。

「最近は普通のものが作れるようになったんです。だから食べなさい」

「お前の作ったものは食わないって言ってるだろう。俺が何度入院したと思ってるんだ」

「もうすぐ看板商品を作る和菓子職人になんてこと言うんですか」

笑顔が殺気立つ。『つつじ和菓子本舗』で出されている和菓子の大半は蘇芳《すおう》家の和菓子職人たちが考えたレシピに基づいている。とても祐雨子の出る幕ではない。

淀川は調理台に並んでいる和菓子をちらりと見た。柿の形のまんじゅう、粉雪をイメージした錦玉《きんぎょく》、艶《つや》やかな小豆《あずき》が特徴の鹿《か》の子《こ》などなど。残念ながらこずえが食べたがっていた薄皮まんじゅうは残っていなかった。

「それで、こんな時間にどうかしたんですか?」

「布団をくれ」

祐雨子は目を見開き、潰れたまんじゅうを手によろよろと後ずさった。

「よしくん、そんなに生活苦しかったんですか?」

「なんの話だ?」

「鍵屋が儲《もう》からないからお布団を質《しち》に入れたんですよね? いくら詰めてあるのが綿でも、そんな二束《そく》三文《もん》のためにお布団まで手放すなんて」

せんべい布団を思い出して眉をひそめた。買い取りどころか回収費を請求されそうだ。

「違う。猫を拾ったんだ。お前、しばらくここに泊まる予定はないんだろ?」

淀川は鍵屋に泊まり込んでいるが、和菓子屋は店舗で、住居は別にある。祐雨子は和菓子職人である父と店員である母親、年の離れた弟と一緒に暮らしているのだ。しかし、たまに二階に泊まる。そのため、彼女用に寝具が置いてある。

「猫ちゃんですか? 可愛いですか? 触りたいです!」

「やめとけ。今は殺気立ってる」

淀川の返答に祐雨子は肩を落とし、ゆったりとした足取りで二階に行った。待っているあいだ、淀川は売れ残りの和菓子を順に眺めた。

「……これ、餅入りかな」

マーブル模様の白餡《しろあん》のまんじゅうを見ていると、祐雨子の声が聞こえてきた。

「よしくーん。嘉文くん！　手伝ってください！」

まあそうなるよな、と階段に向かい、布団一式を借りて二百円を祐雨子に渡した。

「レンタル料ですか？」

「まんじゅうの代金。一個くれ」

「よしくんが食べるんですか？　甘いものは嫌いだと思ってました」

祐雨子は淀川の見ていたおまんじゅうを布団の上にのせた。

「お前が子どもの頃に劇薬食わせたからだろ」

「天才和菓子職人の幼少期の作品を食べられたんです。幸せ者ですね！」

淀川は思いきり顔をしかめた。とりあえず礼だけ言って鍵屋に戻ると、こずえが廊下で正座していた。まだ耳が赤い。背を向けているということは、口を利きたくない、ということなのだろう。

「布団確保したから運んでおくぞ。風呂、追い炊きできないから早めに入っておけ」

そう伝えて階段を上がると、階下でばたばたと足音がした。自室に行って布団を敷き、その脇におまんじゅうを置いてスウェットに着替え愛用のせんべい布団をかかえて階段を下りた。そっと脱衣所を覗くと、風呂場にいるこずえが無言で大暴《おおあば》れしているのが浴室の磨りガラス越しに見えた。激しい女だと感心しながら脱いだばかりの服を洗濯機の中に突っ込み、段ボールを台所の床に並べてその上にせんべい布団を敷いた。

布団にもぐり込んで目を閉じると、あっという間に意識が遠のいていった。

3

目を開けると、木目も美しい板を渡した天井《てんじょう》と古風な木製の照明が見えた。

布団の中で寝返りを打ち、目をこすりながら辺りを見回す。

漆喰《しっくい》の壁に黒光りする太い柱、日焼けして色あせた畳《たたみ》、部屋の片隅《かたすみ》には籐《とう》で作られた可《か》愛《わい》らしい和箪笥《わだんす》がちょこんと置かれ、その隣には、やはり籐で編まれた籠《かご》があった。

まるで、時間が巻き戻されているかのような光景。

静寂《せいじゃく》に沈む部屋を障子《しょうじ》越しの光が包む。

こずえは無意識に人差し指と親指で四角を作り、その中から部屋を覗《のぞ》き込んだ。

「……淀川《よどがわ》さんの部屋だ」

昨日、使えと指示されていた二階の部屋。エアコンどころかヒーターもない部屋には、不自然なほど大きなテレビがぽつんと置かれていた。ミノムシのようにくるまったまま手を伸ばし、リモコンで電源を入れてチャンネルを変える。ニュース番組をチェックし、報道番組を見る。

そして、溜息《ためいき》とともにテレビの電源を落とした。

のろのろと布団から抜け出し、寒さに驚いてもう一度布団の中に潜り込む。

「服、乾いてるかなあ」

風呂から出ると脱衣所にあった洗濯機に淀川の服が入っていた。まず悩んだのは、洗濯をすべきか否《いな》か。台所で寝ていた淀川に声をかけるとうなり声だけが返ってきて、次に悩んだのは自分の服を洗うか否かだった。抵抗がゼロではなかったが、二回に分けて洗うのは勿体《もったい》なくて、結局自分の服も投入してスイッチを入れた。

そして、着る服がないことに気がついた。青くなってしばらく脱衣所でオロオロと歩き回り、寒くなったところでタオルを巻いて二階に上がった。タンスの脇にシャツがたたんで置いてあったので慌てて着込み、洗濯機が止まったところで店の裏に干した。

それが昨日の夜のできごと。

意を決して布団から出て、そっと黒シャツの裾《すそ》を押さえた。

「み、見えないよね？」

いつもの癖で下着まで洗ったのは失敗だった。羞恥《しゅうち》を堪《こら》えて布団をたたみ、慎重に引き戸を開けて淀川がいないことを確認する。そのまま忍び足で一階へ下りた。息を殺して台所を覗き込むと、昨日と同じ体勢で淀川が眠っていた。

謎の多い男だ。

見ず知らずの女に一泊の宿を提供し、仕事に連れ回し、ごはんを食べさせてくれて、家中をいいように――掃除とはいえ――歩き回ってもこれといって文句を言わず、そしてふかふかの布団とおまんじゅうをくれた。

「……変な人……」

ついたてに張り付いてじいっと無防備な寝顔を観察する。いい人かもしれない。そう思った直後、脅《おど》され荷物のように扱われ、嘘《うそ》はついて当然という態度を取られたことを思い出した。こずえは首を横にふり、寒さに震えつつ裏口から洗濯物を回収した。ひんやりとした服は、凍ってないのが不思議なくらいの冷たさだった。三日も同じ服を着るのは耐えられなかったが、完全にはやまった。

「この場合は白シャツだな。残念なことに黒は鑑賞用じゃない」

いきなり淀川の低い声が聞こえ、こずえがぎしぎしとぎこちなく振り返る。眠たげにあくびを嚙《か》み殺す淀川が、真っ青になるこずえにひらりと手をふった。

「なんて格好してるんだ。襲《おそ》うぞ」

「真顔で言うなあ！」

うわぁんと叫び、こずえは湿った服を手に台所をつっきって廊下に上がり、そのまま脱衣所に飛び込んだ。こずえにとっては大きめのシャツだが、丈《たけ》はあくまでも標準タイプだ。恥ずかしすぎてその場にうずくまり、ガタガタと震える。昨日、二度も裸を見られて平然としていた淀川の心情が理解できない。

壁に額《ひたい》をくっつけ胸中で悲鳴をあげ、十分ほど静かに騒いでようやくのろのろと湿った服に着替えた。寒さが倍増したが、破廉恥《はれんち》な黒シャツは着ていられなかった。

脱衣所から出ると、淀川が慣れた手つきで朝食の準備をしていた。土鍋を火にかけ、中の具をいったん引き上げてより分け、一部を刻んでもとに戻す。さらに、冷蔵庫から大根とネギを取り出して刻みはじめた。手際がいい。大根を土鍋に入れ、煮立つと赤味噌《あかみそ》を溶かし、ごはんを入れ、お茶っ葉に気づくとヤカンをコンロにかけた。

「――お前、いつまでそうしてる気だ？」

ついたてにくっついて様子をうかがっていたこずえは、淀川の声にびっくりして廊下に引っ込んだ。まさか気づかれているとは思わなくて心臓がバクバクした。

「もうすぐできるからこっちにこい」

相変わらずこずえに背を向けたまま淀川が呼びかける。再びついたてから顔を出すと、ちらりと振り返った淀川が呆《あき》れたように肩をすくめた。

淀川が作ったのは昨日の残りをアレンジした雑炊《ぞうすい》だった。もとは創作鍋だったのに、すっかり別の料理に化けている。ネギを散らすとおいしそうで、こずえはよろよろとテーブルについていた。もちろん、淀川から一番離れた位置――彼の対角線上である。

凍《こご》えた体に雑炊の熱はじんわりとあたたかく、優しい味つけに自然と吐息が漏れた。そんなこずえの斜め前で、淀川が一味唐辛子をがんがんと振りかけ、雑炊を赤く染める。味覚は確かなのに調味料の使い方が激しく間違っている。

そして彼は、それをぺろりと食べてしまうのだ。

驚愕《きょうがく》の眼差《まなざ》しをものともせず食事をすませた淀川は、食器を片づけ終わるなり前日と同じようにこずえの腕を摑《つか》んだ。

食事のあと、車に押し込められて向かったのは大型のスーパーマーケットだった。

一階で食品や雑貨、食器を売り、二階で服と寝具などを売るごく普通の量販店だ。二階に上がると、淀川は寒さに鳥肌を立てるこずえをちらりと見た。

「服を選べ」

「服？　どうして？」

「毎日濡《ぬ》れた服を着るわけにはいかないだろ？　選ぶ気がないなら俺が選んでやる」

淀川がいきなりフリルのワンピースを掴んだ。小さな花が咲き乱れるスカート丈は膝上《ひざうえ》十センチ——どう考えてもこずえには似合わない。

「こっち！」

黒い淀川に対抗し、試着室の陰《かげ》に隠れながら白いワンピースを手にする。彼は思いきり顔をしかめた。

「今着てるのと同じじゃないか」

「違う！　襟《えり》がシャープで、スカートAライン！　っていうか、そっちだって三日連続で同じじゃない！」

「なに言ってるんだ、全部違うだろ。お前の目は飾りか？」

言われてじっと見つめたが違いがさっぱりわからない。淀川は辺りを見回し、袖口《そでぐち》だけストライプの入ったシャツと白いセーターにミニスカート、ニーソックスを掴んで買い物カゴに突っ込み、続けて服を選んで山盛りになったカゴをこずえに押しつけた。

「服、試着したら呼べよ。ああ、下着は……」

「じ、自分で選ぶから！」

淀川を引き止め、下着売り場でサイズを確認しつつ何枚かカゴに入れ、試着室で淀川が選んだ服に着替えてみる。恐ろしいことにぴったりだ。鏡の前でくるくる回り、全体を確認してカーテンを開ける。名前を呼ぼうとしたら、淀川が待っていた。

「まああか」

「そういうときは嘘でも〝可愛い〟っていうもんでしょ！」

カーテンで体を隠して訴えると、淀川は肩をすくめた。

「あー、カワイイ、カワイイ。店員さん、この服一式着て帰りたいんでタグをはずしていただけますか？　あと、こっちも会計お願いします」

なげやり気味にこずえを褒《ほ》めた淀川は、試着室に手を突っ込んで買い物カゴを引っぱり出すと店員に手渡した。

「ま、待って！　待って!!　私そんなに買わないから！　いらないから！」

ぎょっとして否定するこずえに、淀川は財布から取り出したクレジットカードを見せた。

まさか、という思いで淀川を見ると、彼は店員に「一括で」と告げる。

「……買ってくれるの？」

カーテンを摑んだまま質問すると、淀川がにやりと笑った。

よくない笑みだ。小動物になった気分で後ずさると、ぬっと顔が近づいてきた。

「……っ……!!」

怖くて言葉も出ないこずえは、猫のように首根っこを摑まれカウンターに連行された。

途中で携帯電話が鳴り、淀川はこずえを店員に差し出すなり電話を取った。

「面白いお兄さんですね」

どうやら兄妹《きょうだい》に見えるらしい。店員が笑いながらこずえが着ている服からタグをはずしてくれた。買い物客の視線に気づいて真っ赤になっていると会計がはじまり、淀川はカウンターの隅でポケットから取り出したメモになにかを書き留めていた。

「わかりました。すぐにうかがいます」

通話を終えて会計をすませ、財布からお札と紙を抜き出してこずえに突き出した。

「仕事が入ったから適当に必要なもの買っておけ。それから写真も受け取ってきてくれ。これ、引換証な。さくさく動けよ」

「いた……っ」

でこピンされてよろめき、よろめいたついでにカウンターの反対側まで後ずさった。

「必要なものって？」

淀川の考えていることがさっぱり読めない。問う声も硬くなる。

「日常生活で必要なもの。朝起きてからなにをする？　それを順に追っていけば、最低限必要なものくらいは判断できるだろう。朝起きたら？」

「か、顔を洗って、歯を磨いて」

「移動にサンダル使って、洗顔フォームと歯ブラシと、歯磨き粉、コップ」

なるほど、そうして追っていけば一日に必要なものの見当はつく。しかしそれをなぜ今買うのかと首をひねった。

「お前、日用品がなくても平気なのか？」

ぶんぶんと首を横にふった。

「仕事が終わったら迎えに来る。それまでに買い物すませておけ」

淀川はそう言い残すなり買ったばかりの品物が入った紙袋を持って遠ざかっていった。

「……日常生活……」

こずえの日常は母と暮らしてきた日々だった。朝一番にメッセージボードを見る。母のスケジュールを確認し、作り置きされた朝食を食べ、メモを残し、学校に行く。友人たちとの会話は噂《うわさ》話が中心で、たまにドラマや音楽、部活、それに異性の話が加わる。けれど今は、連絡さえままならない。

今は日常ではなく〝非日常〟――知らない場所で、知らない人と暮らすなんて、ほんの数日前まで考えもしなかった。

「変なの」

小さくつぶやくと溜息が漏れた。


結局、こずえは淀川の言葉にしたがうように、非日常の中で日常生活に必要なものを買いそろえていった。

途中でカートを借り、さらに店内を回る。一階に下りて写真屋を探すと、鍵屋と看板の掛かった小さなお店を発見した。合い鍵作成、靴、カバンの修理、お任せください、と、力強く書かれていた。

「……金庫、開けないんだ」

ホームセンターにあるサービスカウンターでも、引き受けているのは合い鍵の作成ばかりだった。電話一本で出かけ、同意書にサインをもらい、写真を撮って鍵を開ける――そんなことはしない。しかも、彼が使っているカメラというのがとんでもない代物《しろもの》なのだ。

悶々としながら歩いていると、こぢんまりとした写真屋を見つけた。カウンターにいた年老いた店主に引換証を渡すと、棚の中から長細い袋を抜いてこずえの前に置いた。

「中身の確認をお願いします」

　そう言われたので戸惑《とまど》いながらも袋から取り出し、ガラスケースの上に広げる。

「……これ、なんですか？」

　こずえは写真に眉をひそめた。全体がぼんやりして色が混《ま》じり合っている。灰色の中に白い丸。別の写真にはピンク色の塊《かたまり》が写っている。一面黒い写真もあった。一通り確認してみたが、まともに写っているものが一枚もないのだ。

「僕もこの仕事長いんだけどねえ、いくらフィルムでも、こんなに写真のセンスがない人ははじめてだよ。いつもは背の高い目つきの悪い男の人が取りに来てたが、なるほど、お嬢ちゃんが……」

　哀《あわ》れむような視線で言われ、こずえはぶんぶんと首をふった。

「ち、違います！　これ撮ったの私じゃありません！　これ――」

　なんとなく見覚えがある構図に首をひねり、すぐに声をあげた。茶色と黒と、それ以外のごちゃごちゃした色。大きな灰色。

「金庫だ」

仕事をするたびに淀川はカメラを手にしていた。ニコンFの初期モデル。フィルムを使うタイプの、ミラーボックスの上に〝F〟の文字が刻まれた古い型のカメラだ。

どうやら持ち主の腕は壊滅的だったらしい。

「フィルムカメラは味があって僕も好きだから、お嬢ちゃんが使ってくれるのは嬉《うれ》しいよ。けどね、デジカメがいいよ。自動でピントを合わせてくれるし、手ぶれも少ない。カメラを持ってきてくれればきれいに印刷してあげるから」

諭《さと》すように言いながら写真を一カ所に集め、袋に入れてネガと一緒に渡してくれた。

「あ、ありがとうございます」

引きつり笑顔とともに肩が落ちた。確かにこの腕ならデジカメをすすめられて然《しか》るべき――あんなに真剣な顔で年代物のカメラを構えていたから、そこそこの腕なのだろうと安《あん》易《い》に考えたのが間違いだった。溜息をつきながら食品売り場をうろついていると、淀川がのそのそと近づいてきた。どうやら仕事が終わったらしい。

またなにかされるんじゃないか、そう思ったら警戒心が再燃《さいねん》した。

「ここにいたのか。二階かと思った」

「現像した写真受け取ってた」

近づいてきた淀川から逃げるように答えると、思い切り顔をしかめてから買い物カゴを手に取って再度近づいてきた。

「現像した写真、なぜかいつもぼやけてるんだよな」

一応、きちんと写ってないことは自覚しているらしい。淀川が手にした買い物カゴにうどんと鱈《たら》の切り身を入れた。鍋だ。きっと鍋に違いない。はっとして白菜と長ネギ、豆腐など鍋の具材を取りに店内を足早に移動し、こっそりとカゴに投入してまた少し離れた。

「ニコンFって、性能も耐久性もすごくて、今でもファンがいるカメラなんだけど」

思わず抗議してしまったのは、母が愛用している機種でもあるからだろう。持っている中で一番気に入っているカメラだ。しかし淀川は重々しく首を横にふった。

「いや、カメラが悪いんだ」

往年《おうねん》の名品をつかまえて、淀川が暴言を吐いた。

「腕が悪いの！」

断言すると睨《にら》まれて、こずえはそろりと商品棚に隠れた。シイタケとエノキを見つけたのでもう一度こそこそと近づき、カゴの中に忍び込ませる。淀川が卵とこんにゃく、はんぺんを入れる。おでんの具材だ。こずえは慌てて大根を取りに引き返した。

「……猫じゃなくて犬か……？」

カゴにそっと追加していると頭上から奇妙な疑問符が聞こえてきた。目が合って、ぎょっとして離れる。

「お前、料理できるか？」

「で……できないことも、ないこともない」

　こずえの返答に淀川が思案しながらジャガイモと豚肉の細切れを入れてレジに向かった。買い物の残金とレシートを渡すと、淀川は簡単に確認して財布に戻し、生鮮食品の支払いをすませ、こずえの荷物を奪うとさっさと車に向かった。

「……仕事、うまくいった？」

「いつも通りだ」

　素《そ》っ気《け》なく返ってきた。ちょっと遅れて淀川についていき、バンに乗り込むとぺたりとドアに張り付いた。鍵屋からスーパーまでは車で十分。帰宅すると淀川はすぐに台所に立った。手早く作られた肉じゃがは絶品で、女子力を見せつけられた気がした。

「男なのに！　一味唐辛子で真っ赤にしちゃうのに！」

　しかも、おでんの準備まで同時進行だ。お腹《なか》いっぱいになって食器を片づけ終わると、彼は大根を煮込みつつ段ボールで工作をしはじめた。

「なにそれ？」

「寝床《ねどこ》。タイルの上に段ボール一枚はちょっといろいろ無理だった」

「今日も台所で寝るの⁉」

「そのつもりだが……なんだ？　やっぱり俺と一緒に寝たいのか？」

「嫌！　嫌嫌嫌、絶対に嫌！」

「……そんなに喜ばれるとは思わなかったんだが」

無表情に言う淀川に驚愕の眼差しを向ける。言葉が通じていない。思い切り首を横にふっていると淀川が段ボールを折り曲げながら小さくうなった。どうやら彼は、この奇妙な共同生活を続けてくれるつもりらしい。

「そ、それなら二階の手前の部屋は？」

「手前の部屋？　ああ、物置か。……片づけてみるか？」

淀川の誘いにこずえはうなずき、安堵《あんど》しながら二階に上がって手前の引き戸を開け――そのままの格好で固まった。視界が暗い。それどころか、右を見ても左を見ても、上さえも、段ボール箱がみっしり詰まって壁になっていた。辛《かろ》うじて天井部分に空間があるが、こずえでは手さえ届かないほど高くて狭い。

「こ……根性を出せば寝られないこともない……？」

昨日、淀川がそう言った。つまりそれは、段ボール箱の山を登り、天井と箱の隙間《すきま》に眠れということか。難易度が高すぎる。こずえはよろよろと後退した。

「嘘つき！」

「まあ頑張れよ」

叫ぶこずえの鼻先を、淀川があくびを噛み殺しながら通り過ぎる。

「俺は仕事入るまでちょっと寝てる。そうだ、俺の腕に文句をつけるなら一度写真撮ってみろ。修理に出したのに全然改善されなかったんだ」

淀川は部屋からカメラを取ってきてこずえに押しつけ去っていった。ニコンF――家ではなかなか触らせてもらえなかった品だ。手に馴染《なじ》む重さと主張しすぎない存在感、そのカメラを絶賛する母の声まで思い出し、一瞬で気持ちが沈んだ。

カメラを廊下の安全な場所に起き、改めて物置部屋の中を見回した。

廊下の向かいは押し入れになっていて、そこには古びた着物や小物、仕事道具、淀川の夏服などがぎっしり詰め込まれていた。一階に収納スペースはなく、棚もない。

掃除は得意だった。

ふっと幼い頃の思い出が胸に押し寄せてきた。決して裕福ではなかったあの頃、毎日疲れ果てて帰ってくる母のために小さなアパートの一室をぴかぴかに磨き上げていた。母一人、子一人の慎《つつ》ましい生活。なにもなかったが、確かに幸せはそこにあった。

それが一変したのは一枚の写真だった。

いつの間にかカメラを凝視していたこずえは、ぶんぶんと頭をふって積み上げられた箱を一つ引き抜いた。崩《くず》れない。絶妙なバランスで互いに支え合っているらしい。

箱には送り状が貼《は》ってあり、品名に中身が記載されている。こずえは慌てて淀川の部屋をノックした。

「淀川さん、段ボールっている？　始末していい？」

「好きにしろ」

ごそごそと音が聞こえてから眠たげな声で返答があった。物置部屋に戻って段ボール箱に貼られたガムテープを剝がすと、ぎっしり詰まった緩衝材《かんしょうざい》の中に新品の錠前が入った小箱が沈んでいた。小箱はサイズのわりに重かった。

「意外と早く片づくかも」

こずえはほっと胸を撫《な》で下ろし、納品書を手に取った。

すべての段ボール箱を開封し、緩衝材を素材別に分けてゴミ袋に詰める。すると荷物は驚くほどコンパクトになった。鍵にもいろいろな種類があり、メーカーも国内だけとは限らない。こずえはそれらを分けて部屋の隅に置いた。棚があったらきれいにしまえそうだ。

窓を開けて冷たく澄《す》んだ空気を物置部屋に取り込み、日焼けした畳をきつく絞ったぞうきんで拭《ふ》き上げる。ゴミ袋に入れた緩衝材と潰《つぶ》した段ボールを一階に運び、買ってもらった荷物を手に二階に戻った。

一通り片づけが終わると十五時を少しすぎていた。

こずえは置き去りにされていたカメラを手に取り、ファインダーから廊下を見る。丸い障子窓から差し込む午後の光――あと一時間もすれば、日は傾きこの廊下は燃えるような赤に包まれるだろう。幻想的なその光景を思い描いてカメラを下ろし、コートを羽織《はお》ってポケットに財布を突っ込み、再び一階へ下りた。

「写真、撮っていいんだよね？」

フィルムを巻き上げ、カメラを構える。ここは時間に取り残された空間だ。冷たい空気すら心地よく、こずえはファインダー越しに小さく区切られた世界を覗き、ゆっくりとピントを合わせてシャッターを切る。どんなカメラとも違う鋭くも軽やかな音に世界が切り取られ、フィルムの中に一瞬が刻み込まれる。

フィルムカメラの魅力は、現像するまでどんな写真が撮れているかわからないことだという。面倒くさくて時間がかかる。撮り直しさえできない。そこがいいのだと。

だが、それを魅力と感じるほど、こずえは写真に溺《おぼ》れてはいない。

それでも、こうしてレンズ越しに見える世界にはわくわくする。

ふっと息をついて店の外へ出てカメラを構え、ゆっくりとガードレールまで下がる。フィルムを巻き上げもう一度ファインダーを覗き込んだ。目に染みるほど晴れ渡った青空と歴史を感じさせる鍵屋の趣《おもむき》。

「……看板が、残念」

鍵屋の看板にプラスチックの『淀川』の文字がくっついているのがあまりに不格好だ。

こずえはカメラを下ろし、隣の建物の前に移動した。

カメラを構えたまましゃがみ、少し移動してさらに上体を伏《ふ》せる。日差しがファインダー越しに降りそそぎ、溜息も出ないほど幻想的な光景が広がった。

ゆっくりと指に力を込める。そのとき、唐突に視界が暗くなった。

「なにしてるんですか?」

ゆったりと問いかけられ、こずえははっとして顔を上げる。目の前には紫紺《しこん》の袴《はかま》に白いエプロンも可愛らしい和装の女性が不思議そうに小首をかしげて立っていた。

和菓子屋の看板娘〝蘇芳祐雨子《すおうゆうこ》〟だ。

どうやら通行の邪魔をしていたらしい。立ち止まっていた人たちが苦笑とともに歩き出した。こずえは真っ赤になって謝罪し、四方に頭を下げた。

通行人がいなくなってほっとしていると祐雨子が再び声をかけてきた。

「昨日、薄皮まんじゅうを買ってくださったお客様？　そのカメラって古いものですよね？　よしくん以外に持ってる人、はじめて見ました」

よしくん——淀川のことだ。

「これ、淀川さんのカメラです。少し使わせてもらってるんです」

そう言ってちらりと店内を覗き込む。ショーケースの中に目移りするほどたくさんの和菓子が並んでいた。昨日食べた和菓子は、目にも楽しく口に入ればほろりとほどけ、今までにない食感でとてもおいしかった。

「あの、和菓子買ってもいいですか？」

指さすと祐雨子はにっこり微笑《ほほえ》んで店内に案内してくれた。

レジにいた客が料金を払い、紙の風呂敷に包まれた菓子箱を手に外へ出ていく。

「祐雨子、レジお願いね」

割烹着《かっぽうぎ》姿の年配の女に声をかけられ、祐雨子がカウンターに入る。和菓子を眺めていたこずえは、見覚えのある白餡《しろあん》の和菓子に小さく声をあげた。

「これ、昨日もらったやつだ」

「雪月《せつげつ》？　人気の和菓子ですよ。……もらったって、もしかして、よしくんから？」

「はい。お餅はふんわり柔らかくて、白餡は上品な甘さでおいしかったです。色も可愛くて、目で楽しんで、舌と歯触りで楽しむ感じで」

こずえが頬《ほお》を紅潮させて告げると、祐雨子が嬉しそうに微笑んだ。

「よしくんが女の子に和菓子をプレゼントするなんて思いませんでした」

「プレゼントっていうか、布団の横に置いてあって」

「…………」

「……あの……?」

にっこり微笑む祐雨子の顔になんとなく不穏な影が落ちた。

「いやだわ、よしくん。猫だなんて、猫だなんて！　殺気立ってるなんて言い訳までして独り占めしちゃうなんて！」

いきなり祐雨子の雰囲気が変わり、こずえはぎょっと後ずさる。可愛らしい笑みがにんまりと人の悪い笑みに変わるのを見て柱の陰に避難した。

「よしくんの彼女さんですか？」

今の会話でどうしてそう繋《つな》がったのかわからず、こずえはぶんぶんと首を横にふった。

「お名前は？」

「こ……こずえ、です」

柱の陰から出ていいものか迷っていたこずえの目が、ショーケースに釘付《くぎづ》けになる。真っ赤に完熟した苺《いちご》を餡と餅で下からふんわりと包んだ可愛らしい大福が並んでいるのだ。見ているだけで苺のさわやかな酸味と餡の甘みが口に広がる。無意識にカメラを上げたり下げたりしていたら、

「撮っても大丈夫ですよ」

祐雨子にそう声をかけられた。種類もさることながら、傷一つない朱塗《しゅぬ》りの板に飾られた和菓子の非の打ち所のない美しさに溜息が漏れていた。

「昨日は薄皮まんじゅうを買ってくださってありがとうございます。はじめての成功作だったんです」

シャッターを切るこずえの耳に、祐雨子の声が飛び込んできた。

「はじめて?」

「私、お料理が苦手なんです」

ちょっと恥ずかしそうに祐雨子が微笑んだ。雰囲気からして家庭的だから意外だった。

祐雨子は運ばれてきた和菓子をショーケースに入れながら言葉を続ける。

「こずえちゃんは和菓子がお好きなんですね。実は私、子どもの頃は嫌いだったんです」

またしても思いがけない言葉だ。フィルムを巻くこずえの手が止まった。

「ずっとケーキ屋さんになりたかったんです。おまんじゅうなんてちっとも可愛くないし、ぼそぼそしてておいしくないって思っていました」

「今は違うんですか？」

こずえの問いに祐雨子はのれんのかかった調理場を振り返った。年配の和菓子職人と若い和菓子職人、二人が真剣な表情で調理台に向かっている。リズミカルに動かしていた手を止めると、次の瞬間には可愛らしい和菓子が皿にのる。まるで手品のようだった。

「父の姿を見ていたら、こういうのもいいかなーって。……内緒ですよ？」

照れ笑いでウインクする。身近な人に影響されて進路を決めるのは珍しいことではないだろう。こずえがカメラに興味を持ったきっかけも同じようなものだった。

抜けるような青空と、お気に入りの麦わら帽子と真っ白なワンピース。名を呼ばれて振り返った幼いこずえをファインダーに収め、母はとびきり嬉しそうに笑った。

軽やかなシャッター音が大好きだった。カメラを触りたいとねだったら、もっと大きくなってからねとはぐらかされてむくれたこともあった。

今、そのカメラと同じものが手の中にある。もっと重くて大きなものだと思っていたのに、それはこずえにも充分に扱えるサイズになっていた。

「それに、和菓子ってすごいんですよ」

カウンターから身を乗り出す祐雨子に、こずえがはっと顔を上げる。

「材料は、小豆《あずき》や大豆、上新粉《じょうしんこ》みたいな穀物、砂糖や水あめなどの甘味《かんみ》料、香料、そして卵の四種類だけ。植物性の材料が基本です。でも、できあがるのは、まんじゅうを代表とする蒸し物、カステラなどの浮島《うきしま》、おせんべいタイプの焼物、最中《もなか》で有名な岡物《おかもの》、雛《ひな》あれなどの掛物《かけもの》、羊羹《ようかん》などの棹物《さおもの》、夏の風物詩《ふうぶつし》——」

「祐雨子！　あんたの和菓子うんちくはいいから！　お客さん固まってるだろ！　まったく……ごめんなさいね。この子、料理はからっきしなのに口ばっかりで」

割烹着姿の女が調理場から顔を出し、こずえに軽く頭を下げた。祐雨子は右手で口元を押さえて肩をすくめている。

「夏の風物詩は？」

こずえが小声で尋《たず》ねると、祐雨子は目尻を下げて嬉しそうに続けた。

「流し物です。寒天《かんてん》を使った錦玉羹《きんぎょくかん》は遊び心もたっぷりで、見ているだけで楽しいですよ。夏休みは和菓子に触れていただきたくて子ども教室も開きます」

どうやらまだ種類があるらしい。祐雨子の口がむずむずしている。

「和菓子は季節を目と舌で楽しむ創作料理です。点心《てんしん》が由来《ゆらい》とも言われ、羊羹なんかは肉食を禁じられていた禅僧《ぜんそう》が創意工夫し、肉がだめなら小豆を使ったらいいじゃない！　って、自分たちが食べられるように変形させてしまったらしいんです。創作魂《だましい》万歳ですよね！」

こずえは、盛り上がっている祐雨子の姿も写真に収めておく。

「羊羹の字からもわかるように、もともと使われていたのは羊の肉だとか。本当に、食に対する日本人のこだわりときたら今も昔も執念《しゅうねん》を感じます」

どうやら褒めどころらしい。羊の肉なんて入手さえ困難なのではないかという品だ。それに、羊は可愛い生き物というイメージがある。食べるなんてとんでもない。

「……羊の肉、だったんですか」

「そうなんです。しかも吸い物でした。今とは全然別の食べ物で……」

「祐雨子！　いい加減にしなさい！」

再び奥から怒鳴られて祐雨子は首をすくめた。くすくす笑っていると、祐雨子は小首をかしげた。

「私やっぱりどこかでこずえちゃんに会った気がするんです」

「ナ、ナンパですか⁉」

ささっと離れるこずえを見て祐雨子は目を丸くし、小さく笑った。

たわいない話をしていると主婦たちがわいわいと店に入ってきた。もう買うものを決めているのかショーケースに直行するなりさっそく和菓子を指さしている。祐雨子はこずえから離れ、注文された和菓子を箱に詰めていった。

こずえは祐雨子を盗み見た。初対面の相手からこの手の質問をされたのははじめてではない。そんなとき、皆が共通して見ていた一枚の写真があった。

突然、ばくんと鼓動《こどう》が跳ねた。足下が崩れていくような、今まで積み上げてきたものすべてが失われるような得体の知れない不安にきつく目を閉じる。

しばらくじっとしていると、乱れた鼓動がゆっくりと戻っていった。

目を開け、祐雨子に見られていることに気づいて慌ててカメラを構えた。指先が震える。深く息を吸い込んで動揺を消し去り、フィルムを巻いてファインダーを覗いた。赤や黄、茶色や緑――さまざまな形と色で季節を切り取る和菓子を慎重にフィルムに収める。

主婦の買い物が終わるのを見計らい、こずえは栗《くり》の形をした和菓子を一つ買って箱に入れてもらった。店内で焼物《せんべい》を眺めている主婦の横を通り過ぎ、逃げるように店を出る。

北風に身をすくめ、続けて出てきた主婦に驚いて足早に鍵屋へと戻った。

大好きな和菓子を買ったのだ。嫌なことは忘れようと台所に直行してコンロにヤカンをのせる。底冷えする寒さにストーブをつけようと店内に戻ると、さっき和菓子屋にいた主婦四人が、引き戸を開けて中に入ってくるところだった。

「まー、素敵ね！　こんなところにお店があったなんて！」

「いつも閉まってたのに、今日は開いてるのねえ」

「あら、知ってたの？　こんな素敵な店があるなら教えてくれてもいいじゃない。私、和菓子屋があるのも知らなかったのよ」

店内にずかずか入り込んで、いきなり椅子《いす》に腰かけた。そして、寒いわねと身を震わせながらメニューボードを要求してきた。

「メニューボードはありません」

鍵屋の仕事は、鍵や防犯にまつわることで、料金は淀川が口頭で説明していた。いつ淀川を呼びに行くか思案しつつこずえは答える。

「なにが出せるの？　飲み物くらい置いてるんでしょ？」

昨日、大奮発して自腹で買った『初摘み新茶』がある。

「日本茶なら」

「じゃあそれ四つお願いね」

「はい」

うなずいて台所に向かい「あれ？」と首をひねる。一拍おいて、ようやく喫茶店と間違われていることに気がついた。慌てて振り向くと、彼女たちは和菓子屋で買ったばかりのお菓子を取り出し、どれを食べようかと嬉しそうに吟味《ぎんみ》しはじめた。無邪気に喜ぶ姿を見ていたら、訂正する気も失《う》せてストーブに火を入れるなり台所に引っ込んだ。

「お茶だけ、お茶だけ」

湯呑みを五つ取り出し、一杯ずつ丁寧《ていねい》に入れて和菓子に舌鼓《したつづみ》を打つ主婦に運んだ。

「あら、おいしいお茶ねえ」

現金なこずえは褒められて気をよくし、「ごゆっくり」とその場を離れた。

台所でお茶を飲んでいると、再び引き戸が開き、和菓子の袋を持った女が入ってくる。

「通りから、こっちに人が入っていくのが見えて……開いてます？」

どう見てもくつろいでいる主婦たちの前で「閉まっています」とも言えなかった。

「日本茶しかないですが、いいですか？」

4

淀川《よどがわ》は騒がしさに目を開けた。

暗い。

ばたばたと手探りで携帯電話を摑《つか》み時刻を確認した。

「十九時？」

仮眠のつもりで横になったが、依頼の電話もなくすっかり寝入ってしまったらしい。

夜間に来る依頼の電話は、警戒しなければならないものが格段に多い。店の金庫の鍵をなくしたので開けてほしいと言われ、行ってみたらクビになった社員からの依頼だったという詐欺《さぎ》まがいの手に引っかかった鍵師《かぎし》仲間もいる。開けて金庫の中身が奪われたら、それは騙《だま》された鍵師にも責任がある。ゆえに、明朝に仕事場に向かうことにしていた。

だが、そんな状況でも深夜の依頼が増えるのが十二月だ。睡眠と一味唐辛子を愛する男淀川は、寝不足は仕事に支障をきたすと自分自身に言い訳し、時間ができると泥のように眠る。しかし、さすがに寝すぎた。

布団を出て大きく一つのびをし、半覚醒《かくせい》のままふわふわと部屋を出た。

隣の物置部屋をノックしたが返事がない。首をひねりつつ階段を下り、その途中で異変に気づいた。空気があたたかい。店内を見渡せる場所で足を止めた淀川は、テーブルを囲む人々を見て困惑した。来客の予定はなかったはずだ。それなのに四つあるテーブルのうち三つが人で埋まっていた。こんなことははじめてだった。

「なんだ……？」

一拍遅れて客たちがお茶を楽しんでいることに気がついた。テーブルの真ん中には和菓子屋の袋が置かれ、中年女性が袋の中からおまんじゅうを取り出し頰《ほお》ばった。

「もー、なに食べてるの！　そろそろ帰るって言ったじゃない！」

「もう一個だけ！　すみません、お茶もう一杯いただけるー？」

その声に、こずえが急須を手に駆けつける。

「こずえちゃん、貼《は》り紙《がみ》これでいいでしょうか？」

夢でも見ているのかもしれない。祐雨子《ゆうこ》が、淀川《よどがわ》主人の了解も得ずに『つつじ和菓子本舗にてお茶券発売中！　一枚五十円！』と、でかでかと書かれた紙を壁に貼っていた。

「チケットは和菓子屋さんで売ってくれるんですか？」

「休憩所みたいに、和菓子購入した人限定にしちゃえばトラブルも少ないと思うんです。販売時間は十時から五時半まで。……昔はうちも店内で食べられたんですけどね」

祐雨子の言う通り、つつじ和菓子本舗は軽食を出していた時期がある。だが、いつからかテーブルの上に売り物を置くようになって、椅子《いす》を撤去し販売が中心になっていった。

一組が席を立ち、店を出て行く。湯呑《ゆの》みを片づけるこずえと目が合った瞬間、彼女は台所に逃げ、ついたてにぴたりとくっついて「おはようございます」とあいさつしてきた。やっていることと言っていることがちぐはぐだ。第一今は夜である。

「なにしてるんだ？」

あくびを噛《か》み殺しながら尋《たず》ねると、祐雨子が顔の前で両手を合わせた。

「よしくん、お店ちょっとだけ貸してください！」

「ちょっと？」

どこがちょっとなのだろう。寝ぼけた思考回路のまま淀川が首をひねる。

「だって気づいたら和菓子買ったお客さんが鍵屋に入っていっちゃって、断り切れなくてこずえちゃん困っちゃって、これは商売のチャンスって閃《ひらめ》いちゃって！」

淀川は、まったく言い訳する気のない祐雨子に渋面になる。つまりなんだ、なにが言いたいんだと疑問符を投げた。

「一応、よしくんにも声かけたんです。でも、ぐっすり寝てて起きなくて」

声が聞こえたような気もするが、記憶にない。

「拘束《こうそく》時間の長くなることは却下だ。こずえは俺が持ち歩く」

眠気に任せて断言すると、なにやらこずえが抗議していた。祐雨子が笑顔でこずえを制し、弾《はず》むような声で話を続けた。

「出かけるときに言ってもらえばチケットは販売しません。お茶一杯五十円。三十分くらいのご利用でお願いしますって但《ただ》し書きをします。茶葉の代金を差し引いた売上が淀川鍵屋の利益になります。塵《ちり》も積もれば山となる。遊ばせておいた店舗も活気づきます」

そんなはした金、とは思ったが、祖母が生きていた頃、店は近所の子どもたちのたまり場になっていた。店内には仕事で引き取った鍵の類《たぐい》がたくさんあり、それらは子どもたちを夢中にさせた。淀川は子どもの頃から指先が器用で、見よう見まねで鍵穴をいじくっていた。職人を育成する専門の学校もあるが、淀川は祖母から直接鍵師としての技術を学んだ。もっとも、彼女がコツを教えてくれたことは一度もない。すべて見て覚え、体で感じながら会得《えとく》していったのだ。

わくわくと鍵に向き合った幼き頃、いつも友人たちが店内で大騒ぎして遊んでいた。その騒がしさが、今、店の中によみがえっている。

「よしくんには迷惑かけません。ね？　悪い話じゃないでしょ？」

祐雨子の声に、ふっと現実に引き戻される。

「飲食店なら保健所に行って営業許可の申請が……」

「こちらが営業許可証になります！」

「…………」

本物だ。本日付の書類を渡され淀川は混乱した。いくらなんでも仕事が早すぎる。施設の検査はもちろんのこと、衛生責任者の資格も必要なはずだ。半日でどうにかできるはずがない。しかし、実際に許可書が発行されているのだ。

「喫茶店を再開してほしいって要望が多かったので、準備を進めてる途中だったんです」

「鍵屋で？」

「和菓子屋で。こずえちゃんが鍵屋で接客してるの見て驚きました」

祐雨子の話を聞きながら、淀川はついたてに張り付いたままのこずえを見た。

「手伝うと、一日一個、和菓子をくれるんだって」

こちらはこちらで目をきらきらと輝かせている。あいた時間とはいえ、一日いいだけこき使われて和菓子一個で買収されるなんてお手軽すぎだ。無自覚な彼女に哀《あわ》れみの眼差《まなざ》しを向けていると、祐雨子に台所へ連行された。

客に和菓子のことを尋ねられ、祐雨子が弾むような足取りで台所から出ていった。

慌ただしさに息をついた淀川は、こずえが淹《い》れた茶を一口する。テーブルの片隅《かたすみ》に幸田《こうだ》プリント店と印刷された長細い袋が置かれていた。こずえに引き取りを頼んだものは部屋に持っていったはずだ。不思議に思いながら手に取ると、季節を反映したような鮮やかな和菓子の写真が出てきた。柔らかな花びらを幾重《いくえ》にも重ね、おしべを細かく作り込んだ菓子職人のこだわりがきれいな陰影で浮かび上がる。羊羹《ようかん》で作られた葉に、そっと添えられた白雪が見る者に移りゆく季節を伝えてきた。

寒椿《かんつばき》——それは、目も覚めるような一枚だった。

「祐雨子さんが、保健所に行く前にフィルムを写真屋に持っていってくれたの」

「……これ、あのカメラで撮ったのか？」

「いいカメラでしょ？」

少し警戒をといたこずえが、自慢げに尋ねてくる。

だが、カメラの性能ばかりではない。被写体と、なによりカメラマンの腕がいいのだ。一枚ずつ確認していってそれを実感する。建物を写した何気ない一枚、骨董品《こっとうひん》の並ぶ店内を写したものですら目を奪われる。

「——カメラ、誰かに教わったのか？」

簡単な操作で誰でも美しく撮れるデジカメとは違い、フィルムカメラはコツがいる。セットを失敗し、何度もフィルムをだめにしてしまったことを思い出して問うと、こずえはあからさまに狼狽《うろた》えた。

「え……し、知り合いが、カメラが好きなの。それだけ！」

そして彼女は再び警戒するように淀川からこそこそと離れていった。扱いづらい。気を許したかと思ったら再び離れていくその姿に、「猫だ」と溜息《ためいき》をつく。写真をめくると笑顔で和菓子を食べる子どもの姿が写っていた。次は近所のご婦人方。

柔らかな空気に包まれる写真に目を細めた。

「……カメラ好きのじいさんが死ぬ気で金貯《た》めて買って、ばあさんがじいさんの形見だって使ってて……年代物で、まともに写らないんだとばかり思ってた」

独り言に、昨日仕込みをしたおでんを火にかけたこずえが振り返る。

「そう思ってて、どうして使ってたの？」

祖母がそうしていたから、淀川の中でも儀式のように続いていたのだ。答えずにいたらこずえがそわそわと近づいてきた。

「しゃ、写真、私が撮ってあげようか？」

近づくといっても一定の距離がある。どうやら彼女のパーソナルスペースは三メートルらしい。あいだに壁がないだけマシなのかもしれないが、それにしても遠い。

しかし、野良猫なら上出来なのかもしれない。

納得して茶をすすると、焦《じ》れた彼女が食器棚の中からカメラを取り出し、大切そうに両手で持ってテーブルに近づいた。

互いの距離は一メートル。警戒心は強いが、カメラの魅力に陥落気味らしい。期待の眼差しを不安で揺らめかせながらテーブルにカメラを置いた。

「……好きにしろ」

淀川の一言にこずえの緊張が一瞬でとけた。

「ありがとう」

ふわりと広がる笑みに、淀川は再び目を奪われた。さんざん人を警戒し、ちっとも懐こうとしなかった猫が笑っている。あまりの驚きに湯呑みが手から滑《すべ》り落ちた。

「よ、淀川さん⁉　腕、冷やして！　あ、写真！　カメラ‼」

こずえはテーブルに広がるお茶からカメラと写真を避難させ、淀川を流し台に引っぱっていき、蛇口《じゃぐち》をひねるなり袖をめくって赤くなっている腕に水をかけた。

「……冷たい」

ちょっとしたヤケドなら騒ぐほどでもないのにそのまま動くなと言われた。腕をしっかり固定されていたのでおとなしく五分ほど待ち、痛みがないのを確認してから濡《ぬ》れたシャツをタオルで押さえた。ぼんやりしていた淀川は、こずえの胸元でペンダントが揺れていることに気づいて手を伸ばした。

鎖《くさり》を指でひょいと引っかけると、ヤケドを心配してうろうろしていたこずえが、ペンダントを守るように握って素早く淀川から離れていった。

「……それロケットか？」

一気についたての向こうまで避難したこずえに溜息が漏れた。野良猫は懐かない、そうあきらめて接したほうがいいのかもしれない。

「ロケットって？」

「中に写真が入るようになってるんだ。知らないのか？」

「……お……お母さんからもらったとき、なにも言われなかった」

「蓋《ふた》が開かないのか？　ちょっと見せてみろ。金具が曲がってるのかもしれない」

「……いい」

硬い声で拒絶された。ぐっとペンダントを握るその手はなぜか痛々しく、淀川はそれ以上なにも言うことができなかった。

店内から聞こえていた話し声が途切れ、祐雨子がお盆を手に台所へやってきた。

さくさくと片づけをすませた彼女は、微妙な空気に気づくことなく鍋を覗き込む。

「今晩はおでんですー!!」

嬉《うれ》しそうに宣言し、そして、自慢げに淀川が下ごしらえをした夕食を振る舞った。料理下手の劇薬製造機である彼女が、こうして淀川家の台所に立つ姿をはじめて見た。

奇妙なことになった。

淀川は愛用の一味唐辛子を手にうなった。

そのときになって、彼はようやく生活が激変したことに気がついたのだった。

第三章

奇妙な遺産

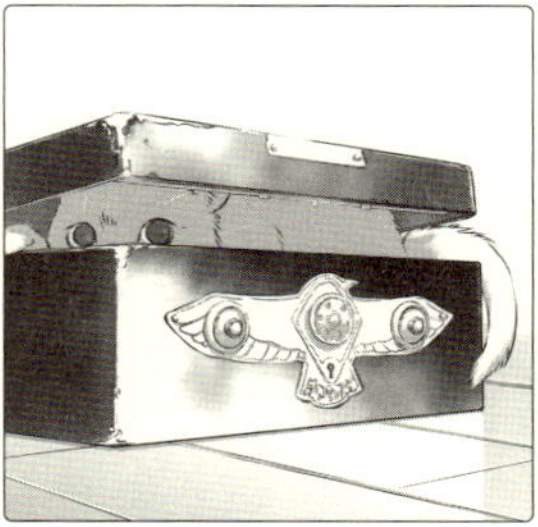

1

非日常が日常になるのは、それほど時間が必要ではないらしい。

それが、こずえの体感だった。

淀川《よどがわ》鍵屋に居候《いそうろう》すること一週間、はじめこそ異性と同じ屋根の下という状況に不安を覚えたこずえだったが、淀川の生活が不規則すぎて怪《あや》しい空気になることもなく、なかば放任主義の淀川との生活は気が楽で自然と馴染《なじ》んでいった。大きな変化といえば、こずえが使っている部屋にヒーターが入り、日用品が増えたことくらいである。

気味が悪いほどの平穏――不安に押し潰《つぶ》されそうになると、淀川に頼んでテレビを見せてもらった。そこにはこずえが逃げ出した〝日常〟があふれ、ほしい言葉は一つとして存在しなかった。

こずえは無言でテレビの電源を切った。一日に何人が家を出て行方《ゆくえ》をくらますか――自分が同じ立場になってはじめてそんな疑問を抱いた。人が一人消えても、世界はなにも変わらない。淡々《たんたん》と日常がつむがれていく。それが現実だ。

そしてこずえは、そんな当たり前のことさえ知らなかった。

「よしくん！　これじゃお客さんにお店を案内できないじゃないですか！」

唐突に祐雨子《ゆうこ》の声が聞こえ、こずえははっとわれに返る。料理本を閉じて台所から顔を出すと、祐雨子が新聞に目を通していた淀川に詰めよっていた。

「俺は茶屋なんて許可してない！」

「ちゃんと許可してくれました！」

祐雨子が着物の袖《そで》から取り出したのはＩＣレコーダーだった。いつの間に操作したのか、言質《げんち》は完璧だったらしい。淀川の目が据《す》わった。

「それは寝ぼけてたときだろ。だいたいあれは本物か？　許可出るのが早すぎるだろ」

「本物です。ずっと前から担当の方に何度も相談してたんです」

淀川がすごい形相《ぎょうそう》で睨《にら》んだが、祐雨子は動じる様子もなく微笑《ほほえ》んだ。

「それに、新作の和菓子のレビューをお願いしたいんです」

「……新作って、まさかお前が作ったんじゃ……」

「超自信作です！」

「よせ、食わせるな。病院送りにする気か!?」

青くなる淀川に祐雨子は胸を張った。

「ちゃんと普通のおまんじゅうも作れるようになったんです！」

「たまに変なの作ってるだろうが！」

薄皮まんじゅうは祐雨子の力作だった。そして、こずえは栄《は》えあるお客様第一号。そのため、祐雨子はこずえをとても大切にしてくれる。しかし、淀川は祐雨子が信用できないのか渋面だった。

「こずえちゃん、和菓子のレビュー書いてみませんか？　写真を撮って、それをレビューと一緒にブログに掲載するんです。お礼におまんじゅう一つ追加しちゃいます！」

一つは祐雨子おすすめの和菓子、二つ目は自分が食べたい和菓子。贅沢《ぜいたく》すぎてめまいがする。

興奮するこずえを見て淀川が額《ひたい》を押さえた。

黒電話が鳴る。仕事だ。電話を取り依頼を受けた淀川が、コートとカバン、それからこずえを手に出かけようとすると、祐雨子がそれを阻止《そし》した。

「連れて行っちゃうんですか？　リピーターさんがこずえちゃんを指名してるんです」

「知るか」

右と左で引っぱられ、こずえはきょとんとする。

そのとき引き戸が開き、子ども連れの家族が入ってきた。淀川が顔をしかめて祐雨子を睨み、祐雨子はぶんぶんと首を横にふる。どうやら和菓子屋で誰かが誤ってお茶券を販売してしまったらしい。淀川が溜息《ためいき》とともにこずえを放した。

「ごめんなさい。お断りしてきます」

このままうやむやに接客させるのかと思ったが、祐雨子は顔色を変え家族連れのもとへ向かった。それを、淀川が軽く制した。

「いい。こずえ、今日は接客してろ」

そのまま彼はさっさと店を出ていってしまった。

「――ああいうところは、優しいんですよね」

吐息のようにささやいて、祐雨子は驚いたように目を瞬《またた》くこずえに苦笑してみせた。祐雨子が和菓子屋に戻ると何組か来客があった。昼は淀川がさり気なく用意してくれたミニ鍋に舌鼓《したつづみ》を打ち、レビュー用の和菓子をもらいにうきうきと隣の店に向かう。デジカメと一緒に渡されたのは、和菓子職人が腕によりをかけた神々《こうごう》しい栗最中《くりもなか》だった。

鍵屋の前で、こずえはふと顔を上げた。

白いプラスチックの看板が店の外観と合っていないのが気になって仕方ない。〝鍵屋〟の部分が重厚だからよけいに浮いて見えるのだろう。

「やっぱり気になりますよね。その看板」

ぬうっと睨んでいたらいきなり背後から声がして、こずえは飛び上がった。祐雨子が手にした小箱を軽く持ち上げてにっこり笑う。

「せっかくレビューを書いてもらうなら、もっと見栄えのいいお菓子にしてもらえって父に言われたので、三つ追加です。気に入ったお菓子にレビューお願いします」

「三つも⁉」

驚くこずえに祐雨子が笑い、ちらりとプラスチックの看板を見上げた。

「あれ、よしくんが書いたんです。屋号《やごう》は大事だって言ったんですけど、他の店と区別がつけばいいって取り合ってもらえなくて」

「いろいろ台無しです」

こずえの言葉に祐雨子が深々とうなずき、

「じゃあ替えちゃいましょうか？　うちの看板みたいにしっかりしたものに。いい看板屋さん知ってるんです」

そんなことを言い出した。店に似合う看板にしたらどんなに見栄えがいいだろう。それが、鍵屋、和菓子屋と二棟も続くのだ。想像するだけでうっとりしてしまう。

「――よかった。元気がないみたいだから、心配してました」

「え？」

祐雨子は微笑んで軽くこずえの背中を叩《たた》き、そのまま鍵屋の中に入っていってしまった。

一人勝手に落ち込んでいたこずえを心配してくれていたらしい。ちょっと恥ずかしくなって頬《ほお》を軽く叩いていたら、電柱の陰《かげ》に隠れ、じっとこちらをうかがう男と目が合った。茶髪に赤いピアス、長いまつげに縁取られた垂れ目がちな瞳、派手な柄シャツと太いネックレス――白いコートが風にひるがえる。

男は顔をそむけ、わざとらしく高そうな腕時計に視線を落とした。

そしてもう一度、ちらりとこずえを見て顔を伏《ふ》せる。それを三度ほど繰り返した。

「……は、派手な不審者……!!」

こずえは後ずさる。髪をかき上げた優男《やさおとこ》は、大きく息をつくなり足を踏み出した。高い足音がアスファルトを叩く。自分がもてることを充分に計算しているような、妙に引っかかる歩き方で近づいてくる。

逃げるより早く、男がこずえの前にたどり着いてしまった。

「君は、淀川の恋人?」

いきなりすぎて、なにを言っているのかわからなかった。こずえはぽかんと優男を見上げ、勢いよく首を横にふった。

「違うのか?」

腑《ふ》に落ちないと言いたげに、彼はじろじろとこずえを見る。こずえはそろりと後ずさり、鍵屋から遠ざかっていることに気づいて慌てた。

「ど、どちら様ですか？」

「淀川は？」

こずえの質問に答える気はないらしい。

「今、仕事で出かけてます」

「一週間くらい前、手提げ金庫を持った中年集団が来なかった？」

「……来ましたけど」

「鍵、開いた？」

「――プロですから」

以前淀川が言った言葉を繰り返すと、優男は嫌そうに顔をしかめ、来たときと同じように大股で去って行ってしまった。やはりどう考えても不審者だ。通りがかった警察官に呼び止められるのを見て、こずえは鍵屋に逃げ込んだ。

「こずえちゃん？　どうかしたんですか？」

テーブルの上に紙を広げ、祐雨子は不思議そうに小首をかしげる。外をうかがっていたこずえは、なんでもないと伝え、祐雨子の対角線上にある椅子《いす》にちょこんと腰かけた。

「……猫ちゃんかー」

祐雨子がくすりと笑う。

「猫？」

「よしくん、せっかく拾った猫ちゃんが懐いてくれなくて、ちょっとがっかりしてるみたいです」

淀川も猫の話をしたことがある。だが、一緒に暮らしはじめて一週間、猫の気配など微《み》塵《じん》もない。きょろきょろ辺りを見回すと、祐雨子は小さく笑ってこずえが以前撮った和菓子屋の写真を指さしながら紙を差し出してきた。

「看板はお店の顔です。雰囲気を崩《くず》しちゃだめだと思うんです。だから、毛筆体で、文字の部分は黒く塗ってもらって、屋号は……」

「ほ、本当に看板作るんですか？」

「こういう機会でもないと、ずっとあの残念な看板のままですから。まずどんな言葉を入れるかですね」

「鍵屋」

「キーセンターとか、解錠《かいじょう》サービスとかありますけど」

「鍵屋がいいです」

お店の雰囲気に合わせるならカタカナはだめだ。

「鍵師《かぎし》、錠前《じょうまえ》、金庫、ロック……甘味《かんみ》、休憩処《きゅうけいどころ》……えーっと、日本茶、和菓子、お茶屋とか？　でも、淀川鍵屋お茶屋って変ですよね。錠前休憩処淀川とか！」

据わりが悪い。いくつか案を出してみたが、どうにもしっくりこない。文字を組み合わせていると、祐雨子の携帯電話が軽やかに鳴り出した。

「あ、お母さんからだ。はーい、どうし……」

『どこ行ってんのよ、あんたは！　さっさと戻ってきなさい！』

祐雨子は携帯電話を耳から離した。

「今は休憩時間です！」

『五分前には戻ってくるのが常識だよ！　まったく、これだから……』

ブツブツと続く小言に祐雨子の肩が落ちた。すぐ戻ると伝えて通話を切り、そしてこずえを見て小首をかしげる。

「どうかしましたか？」

母とこうして怒鳴り合えばよかったのだろうか。一方的に拒絶して家を飛び出したこずえは、心配そうにする祐雨子になんでもないと返して目を伏せた。

「……私、仕事に戻りますね。看板、なにかいい案があったら教えてください」

祐雨子が和菓子屋に戻ると、こずえはテーブルに突っ伏した。和菓子屋には祐雨子の両親がいる。ときに喧嘩《けんか》し、ときに笑い合う、おそらくはごく一般的な家族が。

「私の家族はどこにいるんだろう」

水蒸気でヤカンの蓋《ふた》がカタカタと揺れる。目をつぶり、静寂《せいじゃく》の中に沈む音を一つずつ拾い上げる。壁一枚をへだてた向こう側、楽しげな笑い声が聞こえてきた。バイクの低いエンジン音、お礼に鳴らされる短いクラクション、それらがとても遠かった。

ふっと目を開け、白い箱に気づいてのろのろと体を起こした。

「カボチャの形の練切《ねりきり》と白小豆《しろあずき》の鹿《か》の子《こ》、それから……えっと、錦玉《きんぎょく》」

見た目にも華やかなのは寒天《かんてん》を使った錦玉だ。透明の寒天の中に雪の結晶が閉じ込めてある。カボチャの練切はヘタや葉にまでこだわって可愛《かわい》らしく、正統派の鹿の子には梅の花を模した羊羹《ようかん》が飾られている。こずえはぺちぺちと頬を叩き、台所から見栄えのする皿を何枚か出し、アンティークと化した鍵たちを背景にデジカメを構えた。斜めから一枚、正面から一枚。お茶を添えてさらに一枚撮り、慎重に口へと運ぶ。

「カボチャだ」

餅を白餡《しろあん》で包み、その上から上品なカボチャ餡で包んでいる。

「レビュー、レビュー」

こずえは紙に感想を書き出す。見た目は写真でわかるので、味と食感、おすすめのポイントをわかりやすく書いておく。とくに強調したい場所に下線を引いた。

「野菜が苦手な小さい子にもおすすめ、と」

お茶を淹《い》れ直すと錦玉が気になりだした。ちょっと一口、そう思って齧《かじ》ってみたら柔らかい甘みのさっぱりした一品だった。わくわくと感想を文字にしたためる。雪の結晶に独特の酸味があるのが面白い。そうなると鹿の子も食べてみたくなる。我慢できずに口に放り込んだところで黒電話が鳴り、反射的に受話器を取った。

「ふぁい！」

『……こずえ？』

受話器から聞こえる淀川の声が怪訝《けげん》そうに途切れた。もぐもぐ口を動かしていると、

『新しい仕事が入った。迎えに行くから準備しておけ』

口いっぱいに広がる優しい味に満足していると、いきなりそんなことを言われた。

「迎えに行くって？」

『旧家にある蔵の解錠だ。中身がわからないらしいから、お前も連れてく』

「祐雨子さんの仕事は？」

こずえの問いに、一瞬、躊躇《ためら》うような間があった。

『鍵師の仕事が優先だ。二時間くらいで戻るから祐雨子の仕事は片づけておけ』

こずえは慌てて看板の案を出していた紙を引き寄せた。

「淀川さん、お店の看板、きちんとしたものにしない？　プラスチックじゃなくて」

『いらない』

即答だ。こずえは新しい紙に祐雨子が書き出してくれた文字を抜き出す。〝鍵屋〟は必須だ。他に入れるとしたら可愛い響《ひび》きの〝甘味処〟だろう。

「お茶も出してるから、そっちのニュアンスも加えて屋号を一新するの」

『わざわざ改める必要なんてない。区別さえつけば問題ない』

確かに改める必要はないかもしれない。しかし、プラスチックだけはだめだ。はじめて見たときのがっかり感を思い出す。不満とともに〝改《あらため》〟と書き取って丸を打った。

「……お店は素敵なのに……」

こずえがそのまま押し黙ると、受話器越しに溜息が聞こえてきた。

『なんかいいのがあったら適当に考えといてくれ。じゃあ、二時間後に』

「て、適当って……」

本当にこだわりがないらしい。一方的に電話が切れた。受話器を戻したこずえは紙を眺める。お茶を一口飲んで悶々《もんもん》としていたら栗最中がなくなっていた。

「ああ！　食べちゃった！」

舌に残る甘みは嫌味がなく、これまたこずえの好みだった。つつじ和菓子本舗の和菓子はどれもおいしくて困る。四つまとめてレビューを書いていたら、和菓子の袋を持った客が三組入ってきた。こずえはテーブルの上を片づけ、チケットを受け取るとお茶を淹れた。何組か接客し、一息ついたところでレビューを書いた紙をまとめ、デジカメを手に和菓子屋に向かった。

祐雨子に仕事が入ったことを伝え、こずえは屋号に頭を悩ませながら鍵屋に戻った。

2

淀川《よどがわ》が迎えに来たのは電話を受けてからきっかり二時間後、最後の客を見送ってほっと一息ついているときだった。

「早い！」

「遅い！」

文句を言ったら、文句を言い返された。

「い、忙しかったんだもん。お客さん、なかなか話し終わらなかったんだもん！」

ついたての裏から抗議すると、淀川が呆《あき》れ顔になった。

「そこをうまく追い出すのが店員だろう。さっさと片づけろ」

淀川は黒いカバンを手に二階へ行き、こずえが湯呑《ゆの》みを片づけるあいだに下りてきた。

行くぞ、と顎《あご》をしゃくられ、コートとカバンを手に追い立てられるように店を出る。

エンジンを切ってまだ間もない車内はあたたかく、こずえはおとなしく助手席に座った。

何度も座っているのにまだ慣れない場所だ。もぞもぞと体が動いてしまう。

「鍵屋って忙しいよね」

なんとなく息苦しさを覚え、息を継ぐように言葉を発する。

「鍵のない場所なんてないからな」

淀川の返答は明確だった。一戸建てもマンションも、公共施設も乗り物も、どんなものにも鍵はある。当たり前のことなのに、言われてようやく気がついた。

「……なんか私、知らないことがいっぱいだ」

「当たり前だ。全部知ってたら、人生つまらないだろ」

コツンと頭を軽く叩《たた》かれ、こずえはドアに張り付いた。ひくりと淀川の口元が引きつる。

「お前はいい加減……っ……はあ。もういい」

勝手に納得してアクセルを踏む。車が少し広い通りに出た。

またちょっと息苦しくなる。

「そういえば、朝、変な人が来たんだけど。ちゃらちゃらした茶髪の男。淀川さんがいるかって訊《き》いてきて、出かけてるって言ったら手提げ金庫が開いたか訊いてきて」

車が加速する。こずえは少し迷ったものの言葉を続けた。

「プロだから開けたって言っておいた」

「――それは堪《こた》えただろうな」

淀川が上機嫌にくつくつと笑う。珍しい。仕事のときは不機嫌顔、普段もどこかけだるげな彼が、こんなにあからさまに笑うとは思わなかった。

「無知は最強だな」

小さく聞こえてきた声に目を瞬《またた》く。

それから会話がぱたりとやんで、エンジン音だけが車内に響《ひび》いた。


蔵を開けてほしいと依頼してきたのは旧家である上津《こうづ》家だった。

高速道路にのり、国道と県道を二時間も走ってようやくたどり着いた目的地は、白い塀が延々《えんえん》と続くような見事な武家屋敷《ぶけやしき》である。瓦《かわら》ののった塀は時代劇に出てきそうだった。

駐車場がわからず通り沿《ぞ》いの門に設置されたインターフォンを押したら、年配の使用人がやってきて、淀川の愛車に乗ってどこかに走り去ってしまった。

こずえはコートの前をかき合わせ、ぶるぶると震えながら淀川に続いて門をくぐった。

まず目についたのは、優美な枝振りの松の木だった。まっすぐ延びる石畳《いしだたみ》を挟んで右手には、砂利《じゃり》で緻密《ちみつ》な水紋《すいもん》を描く庭園が広がっていた。庭園には石の橋がかけてあり、奥に渡れるようになっている。

指で四角を作り、その中から庭を覗《のぞ》き込む。

「淀川さん、見て見て！」

興奮気味に声をかけると、淀川がちょっと驚いたように足を止めた。

「ああ、あの木はリンゴだな。奥にあるのは柿か。となりは……枇杷《びわ》だな。ん、あれはイチジクか？　あの陰に隠れてる木はなんだろう。……なかなかの品ぞろえだな」

淀川は石の橋の向こうに広がる果樹園を眺めて目を細めた。

「違う！　その手前！　枯山水《かれさんすい》！　左は日本庭園！」

石畳を挟んで左側にはひょうたん型の池があった。新緑の頃はさぞ美しいだろう。葉を落としている木は、紅葉《もみじ》か桜か。奥に続く小道の向こうに白塗りの蔵が見えた。

「カメラ貸して！　カメラ！」

こずえが要求すると、淀川が黒いカバンの中からニコンFを取り出した。受け取って構え、ファインダーから見事な日本庭園を眺める。石畳の先は、立派な屋根の日本家屋《かおく》がどっしりと構えていた。重厚で格式高く、そして優麗《ゆうれい》――圧巻のたたずまいに巻き上げレバーに触れる手さえ震える。

「こら、勝手に撮るな」

「え……と、撮っちゃだめ?」

いい被写体と、いいカメラ。これで撮らなければ嘘《うそ》だ。

淀川が溜息《ためいき》をついた。

「少しだけだぞ」

こくこくと何度もうなずくと淀川が奇妙な表情で肩をすくめた。興奮しすぎて鼻息の荒いこずえは、冬の装いも見事な庭園をファインダーに収める。

「お前、本当に写真が好きなんだな」

シャッターの音に陶酔《とうすい》していると、淀川が苦笑とともにそう告げた。日が傾き、空が燃える。照らし出された建物も陰影に沈み、ぞくりとするほど美しかった。

指が動く。シャッターを切る音が静寂《せいじゃく》の中に響いた。冷気は体の芯《しん》から熱を奪うように容赦ない。指もかじかみ、うまく動かない。しかし、不思議とそれを感じなかった。

ふと、正面の玄関が開いた。

「鍵屋さん？　なにしてらっしゃるんですか。入っていらっしゃい」

真っ白な髪を結い上げた着物の老女が、一瞬だけ小首をかしげ、凛《りん》とした声で呼びかけてきた。ぴんと伸びた背と、きびきびした動作が見ていて気持ちいい。細身だが弱々しさを感じないのは、彼女のまとう張り詰めた空気のせいだろう。

「淀川鍵屋の淀川です。こっちが……助手の、こずえ」

淀川に紹介されてこずえが会釈《えしゃく》する。老女は検分するかのようにすっと目を細めた。

「上津家当主、上津文代《ふみよ》です。寒い中、よく来てくださいましたなあ。こちらへどうぞ」

一分の隙《すき》もない空気に、こずえはゴクリと唾《つば》を飲み込んだ。しかし、淀川は動じた様子もなく一歩を踏み出す。

こずえも遅れてそれに続いた。


玄関は、庭同様に規格外の広さだった。洒落《しゃれ》た間接照明に柔らかく照らし出された靴箱には白と紫の花で上品に飾られた舟形の花器《かき》が置かれ、壁に取り付けられた竹の器《うつわ》には赤い実をつけた枝がひとふりさり気なく飾られていた。広い板の間の左右に廊下があり、その奥にも同じように廊下が左右に伸びている。さらに、二階に上がる階段もあった。

「慣れない土地でお疲れでしょう。こちらでお茶でもいかがですか？」

ゆったりとした口調と独特のイントネーション。京ことばかと思ったが、もっと堅苦しい響きがあった。そのくせ語調が滑《なめ》らかなので、聞いていると変な気分になってくる。

「――早めに終わらせたいのですが」

淀川がしずしずと廊下を行く文代に声をかけたとき、文代の三倍はありそうなふくよかな女性がやってきた。藤色の着物に山吹色の帯を締め、エプロンをつけている。

「奥様！　応対はわたくしがいたしますから！」

どうやらお手伝いさんらしい。

「ちょうど外にいたのよ」

そう言って、文代はこずえたちを振り返った。淀川は一つ溜息をつき、靴を脱いでスリッパに履き替えた。こずえもそれにならって淀川のあとをついていく。すると、すぐに言い争うような声が聞こえてきた。苛立《いらだ》つ女の声と、負けじと言い返す男の声。そして、なだめる男の声がそれらにかぶさる。

文代がふすまを開けると声がぴたりとやんだ。大木を輪切りにした見事なテーブルを囲んでいた大人たちが、いっせいに険しい顔を向けてきた。

「――紹介をいたしますね」

異様な空気をものともせず、文代はこずえたちに微笑《ほほえ》んだ。

「左のスーツの方が柚木《ゆのき》弁護士です」

状況が呑《の》み込めないながらも、紹介された柚木弁護士は立ち上がり、ポケットから名刺入れを取り出すと淀川とこずえにまで名刺を渡してくれた。五十代、やや後退しかけた髪と細面《ほそおもて》の温厚《おんこう》そうな表情が特徴の男性である。

「それから、長女の恵《めぐみ》とその娘の七実《ななみ》」

寒いのか、暖房の効いた室内でもマフラーをしっかり首に巻いている女性が怪訝《けげん》そうにしながらも会釈した。こちらは三十代のショートヘア、細身の女性。小学校低学年とおぼしき小柄な少女も緊張気味にぺこりと頭を下げた。

「その隣が長男の一政《かずまさ》と次男の政幸《まさゆき》。双子です。それから──暴《あば》れてるのが政幸の息子で涼《りょう》、ゲームをしてるのが舜《しゅん》。不思議と孫も双子なんですよねえ」

双子と紹介された兄弟は顔の作りがとてもよく似ていた。三十代、中肉中背、短めの髪を、眼鏡をかけた長男はワックスで固め、次男は軽く流している。いかにもやんちゃ坊主といった様子の涼は、座布団を丸め自分より一回りは小さな七実を小突《こづ》いて政幸に怒られ、おとなしそうな舜はゲーム機に視線を落としたまま顔を上げようともしなかった。

淀川はちらりと居間の片隅《かたすみ》を見る。

テーブルから少し離れた場所に、片目に墨《すみ》を入れられたダルマと向き合うようにして膝《ひざ》をかかえる男がいた。脇に置かれた大きなカバンはブランド品だった。男が居心地悪そうに身じろぐと、茶色い髪のあいだから赤いピアスがちらりと覗いた。

「もう鍵師《かぎし》がいるようですね。早川《はやかわ》総合ロックの早川さん？」

淀川が低く呼びかけると、茶髪が跳ねるように動いた。どうやら同業者らしい。まじまじとその背を見ていたこずえは、途中で「あっ」と声をあげた。

「今朝見た不審者！」

いきなり店にやってきて、こずえが淀川の恋人なのかと訊き、帰り際に警察官に声をかけられていた謎の男だ。

「誰が不審者なんだ！　君！　失敬じゃないか！」

バッと振り返った男は、サングラスをむしり取るようにしてこずえを睨《にら》み、淀川と目が合うなりさっとかけ直して再び背を向けた。

「人違いです」

ごほごほと咳払《せきばら》いしている。しかし、どう見ても今朝見た不審者だ。

「なにあれ？」

「アホの子なんだよ。そっとしておいてやれ」

自分でついていておきながら、淀川は哀《あわ》れむように茶髪男——早川某《なにがし》かの背を見た。

恵は不思議そうに淀川と早川を見比べた。

「お知り合い？」

「恵さん、あなたが呼んだ鍵師の淀川さんですよ。それから、助手のこずえさん」

文代に言われて恵は慌てて立ち上がった。

「ご、ごめんなさい！　上津恵です。遠いところ来てくださってありがとうございます」

嬉《うれ》しそうに微笑む恵とは逆に、一政は不機嫌顔に、政幸は困惑顔になった。嫌な空気だ。

こずえは無意識に後ずさり、小さく息をついた。

「『母さんの呼んだ鍵師だけでいいよ』」

一政と政幸は同時に告げ、はっとしたように顔を見合わせ複雑な表情になった。

「……とはいえ、開かないのでは意味がありませんし」

ひかえめに口を挟んできたのは柚木弁護士だ。早川の肩がガタガタと震えている。柚木弁護士は、テーブルの上にあった『遺言書』と表書きされた封筒を指さした。

「順一《じゅんいち》様の遺言で蔵を開けるのは葬儀の一年後——つまり、今日ということになっています。このままでは遺言を守れませんよ」

柚木弁護士の言葉に淀川がかすかに首をかしげた。

「一年後？　ずいぶん呑気《のんき》な遺言書ですね」

告げる声には相変わらず抑揚《よくよう》がなく、表情も動かさなかったので、まるで怒っているかのようだった。彼はカバンから同意書を取り出し、

「開けますか？　帰りますか？　どのみち、出張費はいただくことになりますが」

そう尋《たず》ねた。料金の請求なのだからもう少し控え目に提案しそうなものだが、淀川はいつもずばずばと言葉にする。恵は淀川から同意書を受け取り目を通すとサインした。

「お母さん、開けてもらっていいわよね？　一政と政幸もいいでしょ？」

強い口調で長女が問うと、母はうなずき、双子は渋々といった様子で立ち上がった。そして、子どもたちを残して一同が移動をはじめる。意外なことに早川も険《けわ》しい顔でくっついてきた。外はとっぷりと暮れ、瞬く間に広がった雲が空をおおって懐中電灯がないと歩けないほど視界が悪い。

しかし、これはこれで趣《おもむき》がある。こずえは渡された懐中電灯を消して目が闇《やみ》に慣れるのを待ち、ゆっくりと日本庭園を見回した。満月の夜は絶景だろう。目をつぶると青白い光が降りそそぐ庭園が思い浮かび——そして、星が瞬いた。

「い……っ!?」

こずえは叩《はた》かれた額《ひたい》を押さえ、軽く息を弾《はず》ませる淀川を睨む。

「なによ——!?」

「池に落ちる気か?」

「え?」

足下を指さされてぎょっとした。目の前にはひょうたん型の池があった。あと一歩踏み込めば池に転がり落ちていただろう。青くなって後ずさる。

「あ、ありがとう」

こずえの謝意を淀川はでこピンで返した。

「浮かれてないでちゃんとついてこい」

「はい……」

涙目になってよろよろと淀川のあとを追う。離れると彼の歩調がちょっとゆるむ。どうやら心配してくれているらしい。大きく蛇行《だこう》した道を抜けると白壁の蔵が待ち構えていた。こちらも時代劇に出てくるような立派な蔵だ。いまだ現役というのが驚きだが、犬小屋の鍵を開けに急行したり、風呂の鍵を開けに夜中に呼び出されることも珍しくない淀川鍵屋では充分に日常の範疇《はんちゅう》なので、こずえもだいぶ慣れてきていた。

蔵の扉には、金茶で横長の、ひどく変わった形の錠前《じょうまえ》がぶら下がっていた。龍《りゅう》のあつらえはこずえの目からも古いことがわかる。もしかしたら値打ちものかもしれない。しかし淀川は相変わらずの仏頂面《ぶっちょうづら》で愛用のカバンを開いた。

　こずえが文代に断ってから錠前を何枚か写真に収めて蔵の前から離れると、

「開きますか？」

　恵が不安そうに淀川に尋ねた。けれど、心配にはおよばない。鍵は必ず開く。一週間見てきたこずえは、彼の腕前をよく知っていた。こずえなどでは構造さえ理解できない鍵を、彼は魔法でも使うように開けていくのだ。

「もちろん――」

「開ける。淀川は鍵にかけては天才的だ。どんな鍵でも傷一つつけずに解錠《かいじょう》する。鍵師のあいだでも有名だよ。今では駆け込み寺扱いだ」

　こずえは口を閉じた。意外なことに、早川が扉にもたれかかって褒《ほ》めあげている。同業者ということはライバル同士。もっといがみ合っているかと思ったらずいぶんと友好的だ。しかし、淀川は相変わらず無愛想に器具を取り出している。錠前にライトをあて、状態を確認し、そのままライトを口に咥《くわ》えた。

「道具に頼らない独自のスタンスはまさに職人！　難しい鍵も確実に開けるから、警察内でも彼を天才鍵師と呼ぶ人間がいるくらいだ」

　へえっと周りが盛り上がる。淀川を歓迎していなかった双子ですら、早川の熱弁に驚いて近づいてきた。

「古い鍵は淀川の得意分野なんだよ。美術館から依頼されるくらいだから。そういうところは、歴史的価値があるから傷つけるなって注文が入るせいで厄介《やっかい》なんだ」

「すごいんですねえ」

「ち、ちなみに、僕のところは最新の鍵が得意なんだ。鍵は進化し続けるから日々の研究も重要になってくる」

弁護士が褒めるのを聞いて早川が慌てて言葉を継ぎ足し、皆を手招く。

「淀川、君の意見を聞きたい。この錠前の銘《めい》は？　龍となると中国かな？」

「……さあ」

「君の店にも似たような錠前があっただろ？　なにか動物をあしらった……あ、淀川、ストップ！　見てください、皆さん！　今、淀川が右手に持ってる道具ですが――」

びきびきと青筋が立ちそうな顔で淀川が手を止める。それに気づかないのか、早川の説明は熱を帯び、淀川の肩を幾度も叩いた。淀川は無言で器具を鍵穴から抜き出した。

「開いたのか？　あれ、開いてない？　どうしたんだ淀川。調子が悪いのか？」

心配そうな顔で早川が淀川に体当たりした。

「………!!」

「ああ、ごめんごめん。暗くてふらついた」

早川がしれっと謝罪するのを見て、こずえは胸中で悲鳴をあげた。いがみ合いどころか仕事を妨害されているようにしか見えなかった。

「は、早川さん！」

思わず早川の腕を摑《つか》み、目が合った瞬間ぱっと放した。

「――早川煌《こう》だよ。君には特別に下の名前を呼ばせてあげよう」

返答に困る提案に「最新の鍵って？」と違う話題をふって早川を蔵から遠ざけた。どうしてこの仕事を受けたのか、鍵師としての心構えとは、そんなことを尋ねていたら、意外とあっさり話にのってくれる。

「新規開業の鍵屋もあるけど、僕のところは代々鍵師だった。遡《さかのぼ》ると錠前師だけどね」

「錠前師？　作るほう？」

こずえが質問すると早川がうなずいた。

「そうそう。作るほう。……ふうん。淀川はいい助手を見つけたわけだ」

皆の興味が淀川から離れたことにほっとしていると、含むような早川の声が小さく続くのが聞こえた。こずえは嫌な感じがして早川から目を逸《そ》らし蔵を見上げる。

そして、屋敷と蔵のあいだが妙に狭いことに気づいて小首をかしげた。

「大昔は母屋《おもや》と蔵が繋《つな》がってたんだ。食料貯蔵庫として使われてて、台所から遠いわ年貢はなくなるわで、母屋と食料貯蔵庫を繋げておく必要もなくなって蔵として独立させた」

説明をしてくれたのは一政だった。年貢ということは、上津家は地主という立場だったのだろう。見事な邸宅《ていたく》と庭に納得する。となると、気になるのは中身だ。

「この蔵ってなにが入ってるんですか？」

「鍵はずっとお父さんが保管して、私たち、中に入れてもらえなかったのよ。今日開ける予定だったのに、いつの間にか鍵がなくなってて……」

答えた恵が口をつぐんだが、一政と政幸からのフォローはなかった。文代は弁護士とともに少し離れた位置で淀川を見守り、こずえたちの会話に加わろうとはしない。家族であるはずなのに、ばらばらだ。

淀川が解錠に手こずり、暇を持てあました上津家の面々がそわそわしはじめるのを見て、こずえはぱっと手を挙げる。

「早川さ……」

「煌」

「……こ……煌……くん、に、仕事を依頼したのって誰なんですか？」

素早く早川に訂正されてこずえは戸惑《とまど》いながら言い直す。こずえの意図に気づいたのか、早川が意味深な笑みを浮かべた。この、人を食ったような表情――どうしても警戒心が刺激され逃げたくなる。しかし、ぐっと堪《こら》えた。

「早川さんに依頼したのは母よ。私は母が鍵屋を呼んだのを知らなくて、知り合いから聞いてた淀川さんに電話したの」

恵の返答に一政と政幸は渋面になる。納得していない、そんな顔だ。

「……姉ちゃんが鍵を隠したんじゃないのか？」

「なんでそんなことしなきゃならないのよ」

「タイミングがよすぎるだろ」

「――言ってる意味がわからないんだけど？」

恵と一政が語調を荒らげて言い合っていると、軽やかな電子音が聞こえ、政幸は慌てたようにポケットをさぐった。液晶画面を見て眉をひそめ、すぐに耳に押し当てる。

「どうした？　……まだ実家だよ。ちょっと長引いてて……そっちは？　……そっか。あんまり無理するなよ？　ああ、大丈夫大丈夫。心配するな。また電話する」

最後は苦笑して通話を切る。きょとんとするこずえに気づいたのか、

「嫁さんから。義母《かあ》さんの体調悪くて病院に付き添ってたんだ。俺たちの帰りが遅くて心配してた。それから、息子たちが迷惑かけてないかって」

政幸はそう告げて携帯電話をしまった。座布団で七実をつつく涼とひたすらゲームに明け暮れる舜――心配する気持ちもうなずける。こずえは時間稼ぎついでに質問をした。

「恵さんの旦那《だんな》さんはいらっしゃらないんですか？　一政さんも一人なんですか？」

と。遺言書の開封というと、親戚縁者勢ぞろいで弁護士がうやうやしく読み上げるというイメージがある。しかし、さっき居間には配偶者がいなかった。

「旦那、仕事なのよ。昨日仕事納めだった会社も多いんだけど経営者は働きづめ」

肩をすくめる恵は社長夫人らしい。そろりと一政を見ると、

「俺は独身だ」

険しい顔でそう返ってきた。そんな兄に、政幸は苦笑する。

「でも、ちゃんと結婚を視野に入れてる相手はいるんだよ。そういえば、家はいつ建てるんだっけ？　塾講師、頑張ってるんだなあ。転職考えてるって言ってたのに」

「……まだプロポーズもしてない」

感心する政幸に、一政は顔をそむけながら答えた。空気のぎすぎす感が加速する。鍵はまだ開かない。時間を稼がなければと、こずえはとっさに別の話題をふった。

「弁護士さんって本当にいるんですね！　私、淀川さんにくっついて回って、はじめて実物を見ました！」

ドラマの中だけに存在するわけではない非日常な存在。こずえの言葉に、一瞬だけぎすぎすした空気がやわらいだ。

「なんですか？　僕の話？」

文代と一緒に淀川を見ていた柚木弁護士が体をちぢ込めながら歩いてきた。

「弁護士さんってすごいなーって」

「え？　いえいえ、すごくなんてないですよ。順一さんはお茶目な人だったんで、いろいろ振り回されましたけど。税金払いたくないから対策しろとか、ダイヤの買い付けにベルギーまで連れていけってせがまれたりとか」

「バイヤー？」

「いえいえ。趣味です。順一さんは凝《こ》り性だったんですよ」

こずえの質問に柚木弁護士があっさりと答えた。凝り性のレベルが違う。富豪だ。そんな人が残した蔵にはどんなお宝が眠っているのか——急にそわそわしてきた。

「親父《おやじ》、宝石の類《たぐい》は大好きだったからな」

ぼそりと一政がつぶやいた。

「投資よ」

「姉ちゃんはなにも知らないんだな。柚木さんも言ってるだろ。あれは趣味だって」

やわらいだ空気がまたぎすぎすしはじめた。どうやら恵と一政がとくに仲が悪いらしい。

「趣味であんな大粒のダイヤを買うと思ってるの？」

「実際そうなんだよ。なのに、遺産の中にはそれがなかった。だから俺たちは、親父秘蔵のダイヤが蔵の中にあるとふんでるわけだ」

「一政！」

恵がたしなめると、中指で眼鏡を押し上げた一政がふんと鼻を鳴らした。

「隠しておく必要なんてないだろ。資産価値にして一億――必死になったって、誰が文句を言うんだ？」

「でもほら、蔵でぼやがあったときに焼けちゃったって、生前に順一さんも言ってたじゃないですか。タバコの不始末で」

悪くなる空気に慌て、柚木弁護士が姉弟《きょうだい》のあいだに割って入る。そもそも蔵でタバコを吸うこと自体おかしいんだと、姉弟は口々に反論し弁護士をたじろがせた。

しかし、こずえが疑問に思ったのはそこではなかった。

「ダイヤって燃えるんですか？」

場違いな問いに一政が難しい顔をした。

「正確には気化するんだよ。高温で。あとには灰も残らない。……ただ、ぼやで蔵の中のダイヤが気化するほど高温になったとは思えないんだ」

だから故人《こじん》が管理していた蔵のどこかにダイヤがあると考えたらしい。

「ダイヤってどうやって分配するんですか？　分割するわけにはいかないですよね？」

こずえは好奇心をくすぐられて問いかけた。家長の文代と子ども三人、計四人に相続権が発生する。しかし、ダイヤを四等分したら価値が下がってしまう。かといって形見を売り払って現金に換えるというのもなんだか冷たい。

「まだどうするか考えてないけど……」

恵が言葉を濁《にご》す。否定しないところをみると、恵も期待しているのだろう。そのとき背後で早川の「あっ」という声が聞こえてきた。

早川が見ていたのは蔵だった。淀川がゆっくりと立ち上がる。

「開きました。確認をお願いします」

鍵を開けたらそのあとは触らない、そのスタンスにそって淀川がいつも通り誰ともなく声をかける。互いを視線でさぐり合う姉弟は、すぐに文代へ向き直った。

文代はゆっくりと蔵に向かい、ちらりと影のようにたたずむ淀川を見上げた。淀川がうなずくと、それを合図にするように個性的な形の錠前に手をかける。

皆が息を呑むなか錠前が取り外された。文代が扉から離れると、一政と政幸の二人が扉に手をかけ、ゆっくりと左右に引いた。

蔵は懐中電灯の頼りない明かりでは見渡せないほど異様に暗かった。

「電気は右側です」

文代に言われ、一政が壁をさぐる。頭上で光が瞬き、すぐに蔵の中が明るくなった。うわっとこずえの口から驚きの声が漏れる。蔵にあわせてあつらえたと知れる簡素な棚が四つ、ずらりと並んでいるのだ。棚には大量の箱が置かれていた。

「な……なにこれ？　全部金庫なの？」

恵がよろよろと蔵に入る。一年間、誰も足を踏み込まなかったのだろう。床をおおう埃《ほこり》にくっきりと足跡が残った。棚も箱も埃でうっすら白くなっている。ぼやがあったという話通り、左手奥の壁の一部が黒くすすけていた。

「千両箱《せんりょうばこ》もあるな。鍵はないのか？　鍵師さん！　これちょっと開けてくれ！」

言われて淀川が荷物を手に蔵に入ると、早川は仕事道具を取りに屋敷へ向かった。そして、足に腕白小僧《わんぱくこぞう》をくっつけて戻ってきた。背後には不安そうな七実までいる。

「こら、涼！　戻ってろ。遊びじゃないんだぞ！　大人しくしてる約束だろ！」

「七実がじいちゃんの蔵が見たいって言ったんだ！　わ、すげえ！　なにこれ、宝箱⁉　すげえ、すげえ！　七実！　こっち見ろよ！」

父親に注意されたが、涼は叫ぶなり七実の手を摑んで蔵の中に駆け込んできた。

「七実、これ全部宝箱だぞ！　あれ、開かない。こっちは……開かない……これも？　なんで開かないんだよー!!」

棚によじ登ってわめく。シャッタースピードを変えて何枚か写真を撮ったこずえは、金庫を開ける淀川の肩が苛立ちで震えていることに気づいた。その直後、こずえを押しのけた涼が、勢いあまって淀川の脇腹に突っ込み、淀川が大きくよろめいた。

「すみません、鍵屋さん！」

政幸が青くなって子どもを追いかける。小さな体は棚をくぐって隣の通路に移動し、立てかけてあったはしごを駆け上った。起き上がった淀川の横顔が静かな怒りに燃えている。

だが、恵に別の金庫を渡されるとすぐに器具を握り直した。

「涼！　下りろ！」

声を無視した涼は、はしごを上りきると明かり取り用に大きく作られた高窓から外を覗き込み、ガラスをばんばんと叩く。まるで怪獣《かいじゅう》だ。窓を開け、身を乗り出して吠《ほ》えている。

怪獣から解放された七実は熱心に金庫を見て回り、恵と一政は顔をしかめ、文代は弁護士と顔を見合わせている。黙々と鍵を開けているのは意外なことに早川だ。しかし、金庫はからっぽで、たまに入っているのは子ども用の玩具《おもちゃ》や落書きだけだった。

画用紙に両親と女の子、さらにオレンジの丸が二つ描かれていて、隅には『さくらぐみこうづめぐみ』とクレヨンで署名があった。まるで思い出を留めおくように、粘土で作った謎のお面や和紙で折られた鶴や朝顔、ロボットの玩具やミニカーまで入っている。

ここには時間が閉じ込められているのだ。

けれど、大人になった〝子どもたち〟は過去には見向きもしない。そこにあるのが亡き父の遺品であることすら忘れ、出てきた〝ガラクタ〟に溜息をついている。

「……すごいですね」

柚木弁護士は、金庫の中身ではなく、それを開ける二人の鍵師に息を呑んでいた。受け取った金庫は、早いものだと数秒で、遅くとも数分で解錠が終わるのだ。神業《かみわざ》だ。形も大きさもまるで違う鍵なのに、たまに器具を替えては確実に開けてしまう。

だが、底冷えするような蔵ではそれほど長く細かい作業ができるはずもなく、しばらくするとあからさまに速度が落ちていった。

蔵の中を歩いていた文代が棚の奥に手を伸ばし金庫を取り上げる。鍵穴と蓋《ふた》についている持ち手部分に翼《つばさ》を広げた鳥をあしらった、黒塗りの個性的な手提げ金庫である。

「これも開けていただける？」

淀川は金庫を受け取るとざっと確認し、すぐに解錠の作業に取りかかった。鍵穴に器具を差し込み二つのダイヤルを慎重に回す。ほどなくして金庫の鍵が開いた。

文代が金庫の蓋を開けると、十字に赤いリボンをかけ封蠟《ふうろう》した紙が出てきた。

「お母さん？　なにそれ？」

金庫をかかえた恵が近づいてくると、一政と政幸もやってきた。文代が封蠟を剝《は》いでリボンをとくと、そこに書かれていたのは――。

『おかしのくにの
じしまに
さといこがまよいこ
んででれません
の』

文代が読み上げた瞬間、固唾《かたず》を呑んで見守っていた姉弟たちがぷっと噴き出した。

「なにそれ、詩？　落書き？　出れませんのって」

「じしまってなんだ？　しじまだろ？」

「なにかと思ったら……」

これで丸みを帯びた字なら可愛《かわい》いのだが、止めはね払いがきっちりとした異様なほど堅苦しい書体なのでいっそう滑稽《こっけい》だった。紙を眺めて文代が、

「順一さんの字ですね」

ぽつりと告げる。文代がはしごからおりて駆け寄ってきた涼に見せてやると、ぱっと目を輝かせた。

「これ、なぞなぞだぜ！」

涼が叫ぶ。「ほら、縦読みするんだ！」と指でたどった。

「おじさんの！」

自慢げに胸を反《そ》らすと、少し離れたところで様子をうかがっていた七実が涼の手元を覗き込んだ。ぐぐっと上体をのけぞらせる少年に、七実は「斜め読みだよ？」と意見する。

「おしいれって、書いてある」

七実の指摘に、涼が無理やり紙を手元に引き寄せた。

「た、縦読みだって！　おじさんのって読めるだろ！」

「斜め読みだよ。押し入れだよ」

身を乗り出して七実が文字を指でたどると、涼は再びぐぬぬっと身をのけぞらせた。

「おじさんの押し入れ？」

二人のやりとりを面白く眺めていたこずえが口を挟む。涼はキッとこずえを睨み、紙を握りしめると七実の服を摑んだ。

「行くぞ！　おじさんの押し入れ探すぞ！　宝の暗号だ！」

次なる目標を見つけた少年は、嫌がる少女を引きずって蔵を飛び出した。

「お前は証人だ！」

「お、お母さんー!!」

同情とともに遠ざかる声を聞いていたこずえは、いきなり淀川に首根っこを摑まれた。

「お前はガキどもが仕事中に戻ってこないよう適当に子守りしてろ」

言うなり淀川はこずえを外へ放り出し、鉄の扉をぴしゃりと閉じた。

「な、なんで私が子守りなんて――」

「フィルム一本、自由に使っていいぞ」

扉越しに言われてこずえはぐうっと言葉を吞み込んだ。フィルム一本、好きなときに好きなように写真が撮れる。魅力的な誘いに心が揺れてしまう。

「げ、現像代も込み？」

「善処《ぜんしょ》する」

こずえは一目散に屋敷に戻った。息苦しくなりそうな曇天《どんてん》も、肌を刺す冷気も気になららなかった。フィルム一本、三十六枚。現像代込み。断る道理はない。

「押し入れってことは家の中？」

玄関に入り、子どもたちの靴を確認して「お邪魔します」と一声かけつつ上がる。どう見ても迷路だ。居間を覗くと相も変わらず舜がゲームに興じていた。

「……ここじゃない」

ふすまを閉めると子どもの甲高《かんだか》い声が聞こえ、こずえは慌てて廊下を戻った。玄関を通り過ぎてさらに進むと涼に引きずられる七実を発見した。

「七実ちゃんが嫌がってるよ」

声をかけると、ぐいぐい七実を引っぱっていた涼が足を止めた。

「なんだこのおばさん」

「おばさんって！　十五歳！　高校一年生！」

はっと口を押さえる。近くに誰もいないことを確認して安堵《あんど》すると、

「おばさんじゃないか」

涼はきっぱりと断言した。

「ぴちぴちの女子高生！」

「ぴちぴちだって、ぴちぴち。だっせー」

げらげら笑われてむっとした。

「そんなこと言ってると宝探し手伝ってあげないから」

「いいよ、ブース！」

べえっと舌を出して走りだした。

「この……!!」

涼を追いかけ廊下を曲がるとタオルの壁にぶつかった。尻餅をつくこずえの頭上に大量のタオルが落ちてきた。お尻をさすりながら立ち上がると、先刻、廊下で会ったふくよかなお手伝いさんが座り込んでいた。

「す、すみません！　大丈夫ですか⁉」

「だっせー」

器用にお手伝いさんをよけた涼が、七実を引きずりながら遠ざかる。こずえは屈辱《くつじょく》に肩を震わせながらタオルをたたみ、もう一度謝罪してその場を離れた。

「捕まえてやる！」

よそのお宅だとか、よその子どもだとかいう認識が吹き飛んだ。廊下をばたばたと駆け抜けると、二人が部屋から飛び出して隣の部屋に駆けていった。

「おじさんの押し入れ、おじさんの押し入れ、どこかなー」

押し入れなんて大量にある。まさか一つずつ開けたりはしないだろう――そう思ったが甘かった。涼は七実を引きずり次々と部屋に突撃しては押し入れを開けていった。異様にすばしっこくて、開けたふすまを閉めているあいだに逃げられてしまう。

「こら！　待ちなさい！　なに勝手に開けてるの⁉」

一階を探し終わった涼は、止めるこずえを振り切って階段を駆け上がる。

「い、いい加減にやめないと怒るから！」

「鬼ババだー‼」

涼はぎゃあぎゃあ騒いでこずえの腕をすり抜け、そのまま近くの部屋に飛び込んだ。暗い室内に明かりがともると奇妙な陰影が浮かび上がる。

がらんとした部屋の隅に、お菓子の段ボールが積まれていた。

「お菓子だ！」

涼は一目散に段ボール箱に飛びついた。蓋を開け、直後にぺっと放り投げ、別の段ボール箱を開けむすっとした。箱の中身が気になってこっそり覗くと、色あせた着物や端布《はぎれ》が詰め込まれていた。涼は箱から離れ、押し入れに頭を突っ込む。彼はすぐに中板からなにかを剥がして戻ってきた。

「なにそれ？」

こずえと七実が涼の手元を覗き込んだ。

「見取り図だ」

見取り図には『H』のような形の建物が描かれていた。右の建物には右翼、左の建物には左翼、そして、右翼と左翼を繋ぐ玄関を含む建物は中翼と注釈が入っていた。

「これ、このお屋敷の見取り図？」

左翼の下に書かれている〝蔵〟の文字と玄関の場所、居間と書かれた部屋の位置からそう判断した。一の部屋、二の部屋と番号だけふられた部屋が並び、左翼の上には控え室なるものもある。右翼には風呂場や調理場、茶室、宴会場などの文字が並び、二階の見取り図も一緒に書かれていた。二階は中翼の部分しかなく、六部屋並んでいた。

Ａ３サイズの見取り図は、カーボン紙で複写されているらしかった。

「宝の地図だ！」

見取り図を大きく広げ、涼が声を弾ませた。


涼は見取り図を振り回し、スキップで蔵に戻る。

蔵の前には淀川たちが集まっていた。

「終わったの？」

　こずえは安堵して蔵の中を覗き込み、顔をしかめた。左の棚一列には蓋の開いた金庫が乱雑に置かれ、右三列にはしっかり蓋の閉まった金庫が鎮座《ちんざ》していた。

「終わってないの⁉　鍵師が二人もいて⁉」

「う・る・さ・い！」

　こつんと額を小突かれ、ぎゃあっと叫んで庭木の後ろに避難した。

「なんでお前はいちいち逃げるんだ？」

「な、なんでもいいでしょ！」

　こずえは真っ赤になってそっぽを向いた。そもそも出会いがよくなかった。しっかり植えつけられた警戒心が、なにかの弾みに再燃《さいねん》してはこずえを不安にさせるのだ。

「解錠作業というのはデリケートなんだ。こんな極寒でばかすか開けられるもんか。状態の悪い鍵も大量にあるっていうのに……っ」

　開けきれなかったのは早川も誤算だったらしく、壁に手をつき項垂《うなだ》れていた。

　淀川はカバンをさぐり、蔵のドアに合う大きめの南京錠《なんきんじょう》を取り出した。

「使いますか？」

「ええ。ありがとうございます」

パッケージを開け、扉を施錠《せじょう》し二つある鍵を文代に手渡した。

「助かりました。……皆さん宿は決まってませんよね？　部屋はたくさんあるので、よかったら泊まってくださいな。ホテルは駅まで戻らなきゃなりませんからねぇ」

断る理由もなかったのでこずえたちは上津家に泊まることになった。食事の前に案内されたのは、男湯と女湯の入り口がきっちり分かれている見事な浴場だった。見取り図で見たときはぴんとこなかったが、実際見てみると旅館のように大きくて立派だった。ゆったり湯につかり体を充分にあたため、用意されていた浴衣を着て羽織《はおり》で肩を包んだ。

着慣れないせいか落ち着かず、足下が思った以上にすうすうした。廊下に出ると、淀川が暇そうに外を眺めていた。

「こずえ、宴会場こっちだ」

「待っててくれたの？」

「誰が待つか」

肩をすくめるその仕草が浴衣と相まって、非日常が色濃くなった。背が高く筋肉質なせいか浴衣がよく似合っている。目元が涼やかだから凛とした空気が伝わって、見ているほうも背筋が伸びる。

緊張感に触発され、むくむくと警戒心が膨れ上がった。

「……だから、お前はどうしてそう……」

壁に張り付くこずえに淀川は盛大に溜息をつき、あきらめたように窓の外を見た。浴場があるのは右翼上部、今見えているのは裏庭と駐車場のある部分だ。

こずえは、預かったままだったカメラをケースから出して構えた。やはり絵になる。

「そうしてると、遊び人が温泉旅行に来てるみたい」

「おい」

「言い得て妙だな」

第三の声が割り込んで、こずえはカメラを構えたまま横を見て「うわあっ」と叫んだ。

淀川より桁違《けたちが》いに遊び人っぽい男——早川が、浴衣を着崩《きくず》して立っていた。

「な……なんていうんだっけ、こういう人。女に貢がせて楽する男」

「ヒモだな」

「ヒモ！」

「せめてジゴロって言えよ！」

叫ぶ早川を一枚写真に収めてから淀川を見る。

「それで、宴会ってどこでやるの？」

「この廊下をまっすぐ行った突き当たりの部屋」

「ちょ……待て！　僕を無視しないで！」

二人そろって廊下を歩き出すと、早川も慌てたようにくっついてきた。

「淀川！　和菓子女といい、君は相変わらず女の趣味が悪いな！」

こずえのことをいい助手だと褒めてくれたはずなのに、淀川と話すとなぜか趣味が悪いことになっている。和菓子女は祐雨子《ゆうこ》のことだろうが、淀川が無視するのでこずえもそれにならってすたすたと廊下を直進した。

「さては君たち、同じタイプだろ⁉」

たどり着いたふすまに手をかけ、淀川が叫ぶ早川を睨んだ。

「そいつのことは気にするな。それから、祐雨子はただの幼なじみだ」

そいつ、で、距離をおきつつくっついていくこずえを顎でさした。早川がなにかを言う前に淀川がふすまを開けた。十畳《じょう》の部屋の奥と手前にずらりと座布団が敷かれ、奥に浴衣姿の政幸とその息子たちが座っていた。

「宝の地図！　宝の地図！」

いまだ興奮から冷めないのか、涼は紙を振り回して騒ぎ、舜は黙々とゲームを続けている。政幸はそんな息子たちに困り果て、こずえたちを見ると苦笑して立ち上がった。

「どうぞお好きな席へ。上座《かみざ》なんていかがですか？」

早川があっさりと上座に座ったのを見て淀川が下座《しもざ》に座った。

「淀川！　今の話を聞いてないのか⁉」

「聞いた聞いた。お前は代表でそっちに座ってろ。俺はこっちでいい」

ものすごく面倒くさそうにうなずいた淀川が、虫でも追い払うように手をふった。こずえは淀川と早川を交互に見て小首をかしげる。

「もしかして、煌くんと結構親しい？」

仕事上の付き合いだとばかり思っていたが、さすがにここまでくると違和感がある。廊下に立ったままふすまに張り付き尋ねると、淀川が隣の座布団をばしばしと叩いた。

——座れということらしい。

「なんだ、煌くんってのは？」

「特別に下の名前で呼んでいいって言われた。淀川さんと煌くんは親しいの？」

警戒気味に尋ねると淀川はなおもばしばしと座布団を叩く。埃が舞いそうだ。こずえは座布団を引っぱり、ちょっとだけ淀川から離れた場所で正座した。

「……まあ、そこそこは。手提げ金庫を店に持ってきた客がいただろ？　あれたぶん、あいつの紹介だ」

身を乗り出した淀川がこずえの座っている座布団を摑んで引っぱった。バランスを崩し座布団にしがみついたこずえは、なすすべもなくもとの位置まで引きずられた。納得して座り直す淀川を震えながら睨むが、彼は気にした様子もなく言葉を続けた。

「隣町の鍵屋で、結構有名なうえ積極的に公共機関から仕事受けてるなんてあいつくらいだ。直接電話してくれれば紹介料くらい払ってやったのに」

「お前から金なんて受け取るもんかー!!」

会話が聞こえたらしい早川が〝君〟から〝お前〟に変更して怒鳴っている。

「……たまにあいつのプライドが高いのか低いのかわからなくなるんだ」

深刻な顔で淀川が溜息をついた。どんな関係なんだといぶかしんでいると、黒塗りの膳がのったキッチンワゴンが運ばれ、座布団の前に次々と並べられていった。本当に旅館に来たようで落ち着かない。

ほどなく文代をはじめとする上津家の面々が集まり、酒の振る舞われる宴会がスタートした。恐ろしいことに、淀川はここでもマイ一味唐辛子を取り出し、もとの色がわからなくなるまで思う存分ふりかけていた。空気を吸うだけでむせそうだ。そっと視線をそらし、何気なく食事風景を写真に収めていると、飽きたのか涼が暴れはじめた。少年の関心事は本日見つかった〝宝の地図〟にあり、七実まで巻き込んで騒いでいる。

ちょっと引き気味に眺めていると、なぜか文代と目が合った。ぺこりと頭を下げて涼を見る。膳を蹴飛《けと》ばした時点で父親のげんこつが飛んだ。

「涼！　じっとしてろ！　舜も！　食事中はゲーム禁止！」

涼は頭を押さえながら抗議の声をあげ、舜はゲームを取り上げられてふて腐《くさ》れた。ぶすっとして立ち上がった涼が、そわそわする七実の手を引っぱって出て行くと、舜もそれに続いた。とたんに宴会場は静かになり、こずえは胸を撫《な》で下ろした。

「すみません。……ところで鍵屋さん。なにか面白い話ってないんですか？」

ほっとしていた淀川が、政幸の問いに再び渋面になった。恵と一政は終始無言だが、その代わり政幸が場を取り成すようによくしゃべっていた。

「トラブルって多いんですか？　鍵師って特殊なお仕事ですよね？」

「仕事の内容はおおっぴらには言えません。……信用問題になりますから」

その瞬間、早川が手にしたおちょこを膳の上に叩きつけるように置いた。

「僕がお話ししますよ！　淀川は子どもの頃から手先が器用で、仕事が細かくて、美術の時間に美香《みか》先生の顔をデッサンしたらシワやシミまで完璧に再現して先生にぶん殴られたっていう伝説の男で――……」

うわあっとこずえは心の中でうめいた。淀川ならやりそうだ。手先が器用で仕事が細かい。そのうえ割と完璧主義――純粋に見たままを模写《もしゃ》したのだろう。

「淀川さん、残酷《ざんこく》」

「どういう意味だ、こずえ！」

「あー。こずえくん？　わかる？　こいつ本当に空気読まないひどい男でさあ」

「早川！　おい、お前飲み過ぎだ！」

お吸い物の蓋で防衛するこずえを睨んだ淀川は、すぐに深々とうなずく早川に吠えた。

「よしくんは本当に融通《ゆうづう》の利かない子で、しかも鍵オタクで、初デートのときは彼女そっちのけで鍵ミュージアムの鍵に三時間見惚《みと》れてて一回のデートで破局……」

「よしくん最悪！」

「黙れ、煌、こずえ！」

そっと目尻をぬぐう早川と呆れるこずえに淀川が絶叫した。淀川と早川は、結構親しいどころかプライベートを知るくらいの間柄だったらしい。よくよく聞くと、淀川と早川の実家は隣同士で、祐雨子以上に親しい〝幼なじみ〟だった。それからそれから、と、興味津々《しんしん》に食いつく人々に、早川は淀川の残念な武勇伝を鼻高々に披露した。


一時間半後、淀川がぐったりしはじめた頃に宴会がお開きになった。

廊下に出ると、外はすっかり雪景色だった。

一度も宴会場から出なかったこずえは一変した景色に息を呑んだ。広間は終始あたたかく、まったく気づかなかったのだ。

「今年は少し雪が遅かったんですよ。お部屋、案内しますね」

お手伝いさんが、シャッターを切るこずえに声をかける。右翼から中翼を通って左翼に移動し、突き当たりの廊下を左に曲がった。最奥から一の部屋、二の部屋、三の部屋と書かれた木の札がかかり、壁を挟んだ向こうが蔵になっている。こずえは一の部屋に案内され、その隣を淀川が、さらに隣を早川が使うことになった。

「朝食は七時半、各部屋にポットとお茶が用意してありますので自由に飲んでください。それでは、どうぞごゆっくり」

しずしずとお手伝いさんが去っていき、こずえはほっと息をつく。煌々《こうこう》と照らし出された客間の中央にはすでに布団が敷かれ、客間の片隅にお盆と小型のポット、ティーバッグが置かれていた。六畳一間に床の間つき。一泊するには充分な広さだ。

だが、しかし。

正面の壁と、左にある床の間に、ぎっしりと日本人形が置かれているのである。ふっくらとした頰《ほお》と細く鋭利な目におちょぼ口、不自然なほどきれいに切りそろえられた黒髪と派手な着物――今にも動き出しそうな人形たちに、ざわっと鳥肌が立った。

こずえは客間を横切るなり右手にあるふすまを開けた。

「淀川さん！　ぎゃー‼　淀川さんがいる⁉」

「お前、なにが言いたいんだ？」

叫んだこずえは、気力を使い果たしたかのように布団に倒れ込む淀川に睨まれた。

「だ、だって、ふすま一枚で異性って！　ふすま！　鍵ないのに！」

「あるだろう。良心って鍵が」

「そんな役に立たない鍵なんて……ぎゃー‼　こっちにはフランス人形――‼」

床の間がないせいか、壁にぎっしりと金髪や茶髪の少女の人形が並んでいた。蔵の中の大量の金庫といい、故人は大変なコレクターだったのは間違いない。こずえは絶叫とともにさらに隣のふすまを開けた。

「煌くん！　煌く……ぎゃー‼　こっちには剝製《はくせい》――⁉」

雉《きじ》、狸《たぬき》、狐《きつね》、オウム、ウサギと、こちらは数は少ないもののこずえが拒絶反応を起こすには充分な品ぞろえだった。ほほうっと顎に手をやって剝製を眺めていた早川が、絶叫するこずえににこにこと微笑んだ。

「おお、こずえくんではないか！　今日は彼らと語り明かそうと思う！　君もどう？」

——完全に酔っ払っていたので、そのままふすまを閉めた。

「仕方がない！　奥の手!!」

こずえは自分の部屋に戻り、布団に潜り込んだ。そして、その格好のまま身じろぎ一つしない淀川を睨んだ。精一杯すごみを利かせて。

「ふすま閉めたら呪《のろ》うから！」

「……お前、意外と鬱陶《うっとう》しい女だな……」

「呪うからー!!」

こずえの訴えに、淀川は面倒くさそうに溜息をついた。

3

雪が降り積もるとき、音がするなんて思いもしなかった。

まるでささやくように、幾重《いくえ》にも幾重にも音が層を成し、世界を埋め尽くしていく。

——その日は、幼い頃の夢を見た。

母と二人で眺める雪の夜は、自分が空に落ちていきそうな恐ろしささえやわらいだ。それはきっと、コートを広げた母が、こずえの体を包むように抱きしめてくれたからだろう。

そこには愛があり、信頼があり、すべてがあった。

けれど、なにもかもが遠い昔。

大好きだった母。どんなに仕事が辛《つら》くても、いつも笑っていた母。些細《ささい》なことでも成功すると手放しで褒《ほ》め、自慢の娘だと言ってくれた母。

それなのに、血の繋《つな》がりがなかったなんて。十五年以上、嘘《うそ》をつき続けていたなんて。

こずえが問いつめ、母だと信じていた人は、赤の他人になった。

自分という存在が根底からくつがえされたのだと知って、こずえは家を飛び出した。

——そして、今は。

「おい、朝だ」

淀川《よどがわ》の声に目を開けると、じっと見おろされて鼓動《こどう》が跳ねた。ぺちぺちとこずえの頰《ほお》を軽く叩《たた》いた彼は、起きたのを確認して納得したのか隣の客間に戻っていった。

驚きのあまり心臓が早鐘《はやがね》を打つ。布団を顔まで引き上げたとき、自分の頰が濡《ぬ》れていることに気づいて両手でごしごしとこすった。どうやら泣いていたらしい。

「……見られた？」

空調機の音を耳にしながら、こずえはそのまま布団の中でじっと丸くなった。そのまま感傷に浸っていたら、戻ってきた淀川にぐりぐり踏みつけられた。

「いい加減に起きろ。……寝ぼけたまま歩き回るなよ」

仕方なく布団から這《は》い出たこずえは、なんのことかと眉をひそめ、はだけた胸元と乱れた裾《すそ》を同時に押さえた。

「いくら着物だからって、下着は着けたほうが……」

「洗濯物は、お手伝いさんが朝まとめて部屋に持ってきてくれるって……ぎゃー!!」

淀川が指さした先に、洗濯された服一式がたたんで置いてあった。気を遣って下着類は下のほうに隠してくれていたが、運が悪いことに隠し切れていない。こずえは淀川の足を蹴飛《けと》ばして部屋から追い出した。

「今、ふすま開けたら本当に呪《のろ》うから!」

「わかったわかった。メシ食ったらすぐに仕事だぞ」

淀川の声は相変わらず動揺を一切感じさせないほど抑揚《よくよう》がない。羞恥《しゅうち》に身もだえて畳《たたみ》をばんばん叩いていたら、急げと催促するようにふすまが揺れた。

手早く着替えて廊下に出ると、窓の外は羞恥心が吹き飛ぶほどの見事な銀世界が広がっていた。たっぷりと積もった雪で庭木はしなり、枯山水《かれさんすい》もきれいに消えている。しかしこれはこれで風情があっていい。淀川からだいぶ遅れつつ昨日食事をした広間に行く途中、こずえは何度かシャッターを切った。

「あ、撮りすぎちゃった。大事にしなきゃ」

カメラに頬ずりしていると、淀川が呆《あき》れたように小さく笑った。

広間には昨日の面々が少し疲れたような顔で座っていた。焼き魚をメインにした和風の朝食に舌鼓《したつづみ》を打ち、そのあとは、二人の鍵師《かぎし》と文代《ふみよ》、こずえの四人で蔵に向かった。新雪に包まれた日本庭園は美しく、こずえは胸を躍《おど》らせながら再び何枚か写真に収めた。

蔵に着くと文代が南京錠《なんきんじょう》を開け、淀川と早川《はやかわ》の二人で鉄の扉を引く。次の瞬間、二人が同時に顔をしかめた。

「出してないよな？」

「当たり前だ。昨日、施錠《せじょう》前に全部棚に戻しただろう」

淀川と早川の会話にこずえは目を瞬《またた》いてこっそりと蔵内を見た。朝だというのに降り積もった雪が窓を塞《ふさ》いで薄暗い。不思議そうに文代が明かりをつけると、こずえもようやく異変に気づいて「あっ」と声をあげた。

きれいに片づけたはずの通路の真ん中に、不自然にぽつんと黒光りする手提げ金庫が置かれているのだ。鍵穴と持ち手の部分に翼《つばさ》を広げた鳥の意匠《いしょう》――。

「……あれは昨日開けた金庫だな。ダイヤルロック式。鍵が開くと翼が開く」

「蓋《ふた》が閉まってる」

　こずえの言葉に淀川は無表情のまま金庫に近づいた。こずえはぎょっとして淀川のコートを摑《つか》んだ。

　呪いの金庫なんてあるはずがない。だが、勝手に移動する金庫は気味が悪い。

　振り返った淀川は、こずえの頭をぐしゃぐしゃと撫《な》でてから一人蔵に入ると金庫をいじった。開かなかったのかカバンから器具を取り出し、慎重に鍵穴に差し込む。

「……一つだけ、僕があの男を尊敬するところがある」

　淀川の指がなんの躊躇《ためら》いもなく動く。流れるような一連の動作――早川の言葉が終わらないうちに淀川が鍵穴から器具を引き抜いた。

　早川が軽く肩をすくめる。

「一度開けた金庫のあたりを完璧に覚えてること。たとえ暗証番号が変わっても、次は数秒で開ける。その指に鍵を握っているかのごとく、ね」

　淀川が文代に手提げ金庫を渡す。遅れてやってきた姉弟《きょうだい》たちが文代を取り囲むと、細く筋張った指がゆっくりと金庫の蓋を持ち上げた。

　中には、昨日と同じように赤いリボンをかけ封蠟《ふうろう》された紙が入っていた。

『共通ヒント：動物愛護先進国。

第一問：賢くて優しくて繊細。よく動く。毛が長い。名犬ラッシー。
第二問：大きくて優しい。好奇心旺盛《おうせい》。泳ぐのが得意。みんなの味方で人気者。
第三問：お金持ちじゃないかも。ちっちゃくて可愛《かわい》くてロン毛。運動大好きで人気者。
第四問：賢くて元気。おしゃれさん。子守も得意。全世界で活躍中。
第五問：頑固《がんこ》者。よく噛《か》む。剛毛で活発。』

開いた紙を読み上げ、眉をひそめた恵《めぐみ》が問うように文代を見た。

「これも順一《じゆんいち》さんの字ですね」

と、文代は故人《こじん》の筆跡であることを認めた。

「親父《おやじ》っていたずら好きだからなあ」

笑ったのは政幸《まさゆき》で、渋面になったのは眼鏡を押し上げる一政《かずまさ》だ。子どもたちと一緒にやってきた弁護士が、どうしたのかと説明を求めてきた。

「解錠《かいじよう》して蔵を開けたら、中央の通路の真ん中に金庫が置いてあったんです」

淀川の答えに柚木《ゆのき》弁護士は「はあ」と身を乗り出すようにして金庫を見た。

「昨日、一度開けた金庫です。今日は暗証番号が変えてありました。開けたら紙が……」

「暗証番号？　ちょっと失礼。……なんですか、これ。文代さんが入れたんですか？」

首をひねった柚木弁護士が文代を見た。

「いいえ」

「でも、鍵を持ってるのは文代さんですよね？　あ、鍵師のお二人が……」

弁護士の視線に淀川と早川は同時に否定した。

「依頼がなければ開けません」

「僕もです。……酔っ払ってそれどころじゃなかったですし」

「第一、蔵には誰も近づいてませんよ。雪に足跡がありませんでした」

断言する淀川に恵は小首をかしげる。涼《りょう》が紙を奪って目を輝かせると、七実《なな み》も気になっているらしくそろりそろりと近づいていった。

「じゃあ、雪が降る前かしら？　合い鍵を用意して……」

「施錠してから鍵は私がずっと預かってましたよ」

恵の言葉を遮《さえぎ》り、文代は帯の隙間《すき ま》から鍵を引き抜いてみせた。

こずえたちが蔵に行くまでその周りに足跡はなく、金庫の鍵はきちんと保管された状態
——これではまるで。

「幽霊の仕業《しわざ》みたいだな。父さんが化けて出てきたりして」

ぽつりと政幸がつぶやくと恵が血相を変えた。

「でも、父さんこういうの好きだったじゃないか。化けて出て、いたずらして……」

「やめてよ！」

「やめてったら！　子どもたちがしたんじゃないの？」

「俺たち、昨日はずっと七実と一緒だったし。な、舜《しゅん》？」

涼に訊《き》かれたが舜はそれを無視して政幸に手を出した。

「お父さん、ゲーム」

「冬休みのあいだは没収」

「ええ!?　なんで!?」

「ゲームばっかりしてないで少しはみんなと遊びなさい」

父親の言葉に舜が足を踏み鳴らして抗議する。そんな舜の腕を涼が摑んだ。

「だったら宝探ししようぜ！　宝探し！　ほら！」

謎のメッセージを手にした涼は、舜と七実を連れて楽しそうに屋敷へ戻り、大人たちは犯人を探すように蔵の中をうろうろと歩き回った。こずえも外を一巡歩いてみたが、足跡らしきものは見当たらず、代わりに膝《ひざ》の高さに磨《す》りガラスの窓を見つけた。二十五センチ角の小さな窓だ。叩いていると前触れなく窓が開き、淀川が顔を出した。

「なんだ、お前か。……ちょっとそこから中に入ってみろ」

どう考えても入らない。が、来いと睨《にら》まれ、仕方なく両足を突っ込んだ。直後、中から足首を摑んでぐいぐい引っぱられた。

「痛い、痛い、冷たい、痛い！　淀川さん、無理――!!」

太ももで完全に動きが止まる。お尻が雪に埋もれ、こずえは真っ赤になって足をばたつかせた。ようやく解放されたとき、遠巻きに眺めていた早川が手を貸してくれた。

「なかなか興《きょう》をそそる格好だったよ」

「バカー!!」

こずえが憤慨《ふんがい》するのも無視し、早川が窓の外から中を覗《のぞ》き込む。

「このサイズは子どもでも厳しいだろ？　それに鍵がかかってるんだし入れないよ」

「それもそうか」

「だったら試す必要ないじゃないー!!」

結局、密室となった蔵の通路にメッセージ入りの金庫を置いた人間はわからなかった。

そして、極寒の中での解錠作業は予想以上に困難なうえ、蔵の中でストーブを焚《た》くのは危険という判断で、屋敷の居間に金庫を運んで開けることになった。人がいなくなったと安心して掃除をしていたお手伝いさんが、慌ただしく掃除道具を片づけて去っていった。

「……これ、今日中に終わる？」

金庫は一政と政幸が運んでいるが、雪で足場が悪くて手間取っている。こずえも手伝ったが、すぐに音《ね》を上げて廊下から庭を眺めた。

「誰が金庫を移動させたのかなあ」

昨日の宴会のあいだ会場から出なかったのは、こずえと文代の二人だけ。子どもたちは食事が終わるとすぐにいなくなったし、既婚者である恵や政幸は家に電話を入れるため席をはずし、一政にもたびたび電話が入り、柚木弁護士もしょっちゅう席をはずしていた。二人の鍵師も同様に電話が鳴るたびに廊下に出ていたし、そうなると宴会を抜け出した誰もが疑わしく思えてくる。

雪景色を眺めながら思案していると子どもたちが廊下を歩いてきた。涼の手には金庫から出てきた紙がしっかりと握られ、意外なことに舜がその紙を覗き込んでいた。七実は相変わらず泣きそうな顔で付き合わされている。

「これなんて読むんだ？　共通ヒント。動物……国……？　第一問……優しくて……」

涼がたどたどしく読み上げて首をひねる。こずえが近づくと三人が足を止めた。

「なんだよ、おばさん！」

ひくっとこずえの口元が引きつった。涼の腕を摑んで無理やり七実から引き離し、暴《あば》れる少年の鼻先に指を向ける。

「そんないじわるばっかり言ってると七実ちゃんに嫌われるぞ」

見事に動きが止まった。耳まで真っ赤にして口を開閉し、弱々しく反発する。

「べ、べ、別にいいよ、そんなの」

「嫌われたら一緒に遊べないのに？」

「……………」

「会いたいときに会えないのは、……寂しいよ」

ふと思い浮かんだのは、こずえが家を飛び出す直前――愕然《がくぜん》と立ち尽くす母の姿だった。会いたくない。顔も見たくない。そう思っていたはずなのに後悔している自分がいる。押し黙るこずえを見て思案した涼は、ちらりと七実を見て「おい」と声をかけた。

「なぞなぞ、わかるか？」

七実は戸惑《とまど》うように紙を受け取る。涼と七実の二人でうなっていると、再び脇から舜が紙を覗き込んだ。

「名犬ラッシーって映画？」

「アニメ！　古いやつ！　そうだよな、七実!?」

「賢くて……えっと、繊細？　よく動く、毛が長い。なんだろう？」

「舜はゲームやってろよ！」

「お父さんに取られたんだよ！」

どうやら涼は七実の前でいいところを見せたくて必死で、舜はゲームの代わりになるものを見つけて少しやる気になっているらしい。

こずえも一緒になり、子どもたちともつれるようにばたばた歩きながら一字一字読み上げていく。すると、居間の障子《しょうじ》が勢いよく開いて淀川が顔を出した。

「黙れ。庭に放り出すぞ」

眼光鋭い男から低音で命じられ、こずえはもちろん、子どもたちまでこくこくとうなずいた。そのまま廊下を直進し、右翼に曲がる直前で立ち止まる。

「名犬ラッシーって茶色い犬？」

「コリーだよ！」

七実が両手を大きく広げた。「お隣の家が飼ってるの！」と目を輝かせる。

「動物、好き？」

「大好き。家にもいるよ。茶色いお耳が垂れてて可愛いの！　いっぱい散歩するんだよ。今はね、犬のお家《うち》にお泊まりしてて、お姉ちゃんが遊んでくれてるの」

早く会いたいなあ、と、七実はリンゴのように頬を真っ赤にして語った。

「お姉ちゃんからラブの写真が届くの」

「ラブ、でかいんだ。俺、一回触らせてもらった！」

七実が嬉《うれ》しそうにうなずくのを見て涼が照れたように紙へ視線を落とす。ちょっかいを出すのもいろいろ連れ回すのも、相手に好意があるからなのだろう。

思わずにやけてしまう。こずえはコホンと咳払《せきばら》いし、子どもたちに交じって紙を眺めた。

「一問目と二問目に〝優しい〟があって……全部の問いに行動に関する言葉が入ってる」

こずえは〝よく動く〟と〝泳ぐのが得意〟と〝運動大好き〟と〝元気〟、そして〝活発〟の文字を指でたどった。あえて書いてあるということは、そこになんらかの意図があるのだろう。みんなでうなっていると、背後から誰かが近づいてくる気配がして、いきなりこずえの肩越しに淀川が紙を覗き込んできた。

「ぎゃあ！」

「しゃべるなら廊下じゃなくて部屋にしろ。……なんだ？　朝出てきた紙か？」

「う……うん。なぞなぞ、といてるの」

逃げたいが、前には子どもたち、後ろには淀川がいて動けない。こずえは硬直して視線だけをうろうろと彷徨《さまよ》わせた。

「なぞなぞって……それ、犬の特徴だろ？　質問が重複気味ってことは、別の種類か」

「淀川さん、わかるの⁉」

「わかるわけないだろうが。鍵屋だぞ、俺は。犬は専門外だ」

仕事を邪魔されて相当ご立腹らしい。じろりと一瞥《いちべつ》するとのそのそと離れていった。子どもたちは殺気立つ淀川に怯《おび》え、彼が居間に戻るのを見届けてから口を開いた。

「動物愛護先進国ってどこだろうね?」

「イギリスよ」

廊下の角を曲がったこずえたちに、湯呑《ゆの》みと急須をのせたお盆を手に調理場から出てきた恵がさらりと答えた。皆でいるときは不機嫌そうにしていたから気むずかしい人なのかと思っていたが、今はむしろ親しみやすい雰囲気だった。

「ごめんなさいね。遺産相続で揉《も》める家族なんてびっくりしたでしょ」

顔に出てしまったのかそう謝罪され、こずえは慌てて首を横にふった。

「私、母の連れ子だったからややこしくて。昔はね、早く家族と離れて、大好きな動物とかかわる仕事につこうっていろいろ調べたのよねえ。結局、専門学校に行ってるときに旦《だん》那《な》と知り合って、留学せずにそのまま結婚しちゃったんだけど」

さらりと告げられる重い話にこずえは当惑した。父親の違う姉弟——だからぎくしゃくしているのだろうか。そんなことを考える自分が嫌で、こずえは紙を突き出した。

「これ、犬の特徴みたいなんですけどわかりませんか?」

恵は紙を受け取るとぶつぶつと読み上げてぷっと噴き出した。

「本当ね。これ、犬種だわ。ほらこの三問目〝お金持ちじゃないかも〟って書いてあるでしょ。いるのよ、そういう名前の犬種。ノ、ー、リ、ッ、チ・テリア」

「一問目がコリーで三問目がテリアってことは、五問とも全部違う犬種？」

専門じゃないのに、一瞬見ただけなのに、淀川は犬種だと判断した。こずえは思わず彼がいる居間を見た。

「大きくて優しくて好奇心旺盛、みんなの味方っていうのは介助犬ってことかしら。だったら二問目はラブラドール・レトリバー。三問目はノーリッチ・テリア。四問目はイングリッシュ・スプリンガー・スパニエル。……家で飼ってる子よ」

そう言って、恵は携帯電話を取り出した。

「一年くらいブリーダーさんのところに通って、七実が四歳のときに買ったの。今はブリーダーさんに預かってもらってるんだけど、朝昼晩、メールで連絡くれるのよー」

見せてくれたのは垂れ耳の犬が上目遣いでこちらを見ているショット。映画やドキュメンタリー番組で警察犬として出ていた犬だった。

「五問目はエアデール・テリアかしら。イギリスに関係の深い犬で統一してるならこれで間違いないと思うんだけど」

こずえは調理場で忙しそうに歩き回っていたお手伝いさんに筆記用具を借り、恵の言った犬種を書き出した。

「コリー、ラブラドール・レトリバー、ノーリッチ・テリア、イングリッシュ・スプリンガー・スパニエル、それから、エアデール・テリア」

「縦読みだ！」

「はいはい、涼くんは縦読み大好きねー。……こらのいえ？」

こずえは頭の文字に丸をつけて眉をひそめた。反対に恵ははっと目を見開く。

「違う。それ……それ、たぶん、ララの家、よ。忘れてた。コリーの正式名称はラフ・コリーだわ」

ララは昔上津《こうづ》家で買っていた番犬で、恵が動物関係の仕事に就きたいと思うようになったきっかけの犬だったらしい。

犬小屋は駐車場の脇にある倉庫に収められていた。

古ぼけた犬小屋の中から出てきたのは、複写された屋敷の見取り図だった。

そしてその日の昼、再び蔵の通路の同じ場所に鳥の意匠の金庫が現れた。

居間に持ってきた政幸は少し気味が悪そうにそれをテーブルの上に置いた。

「……蔵に鍵は？」

「かけていません。昼間ですし、しょっちゅう行き来するんですから」

淀川の問いに戸惑うように答えたのは鍵を持つ文代である。居間にはいつものメンバーが集まり、金庫を凝視していた。

「朝開けた金庫と同じものだ。……昨日、上津さんから渡されたのも、確か」

「ええ。その金庫です。子どもたちが順一さんにプレゼントした金庫で、あの人はそれをきっかけに金庫を集めるようになったんです」

どうやら故人の思い入れが強かった品らしい。それが二度も怪異《かいい》に見舞われている。急に背筋がひやりとした。幽霊なんて信じていないこずえでさえ気味が悪くなってきた。

「……まただ」

ダイヤルを回して淀川がつぶやく。「暗証番号が変更されています」と。

けれど淀川は、鍵穴に器具を差し込んであっさりと鍵を開け、文代に手渡した。

辺りがしんと静まり返る中、文代が金庫の中から封蠟された紙を取り出した。

『重要でおいしい数式。い草部屋で踏みつけられる私』

緊張で張り詰めた空気が一瞬でほどけた。

「なんだよそれ、どんなポエマーだよ⁉　おいしい数式⁉　踏みつけられる私って！」

日本家屋の粛々《しゅくしゅく》とした空気を吹き飛ばすフレーズに政幸が腹をかかえて笑う。ＳＭだ。変態だ。しかも電波込みだ。こずえが驚愕《きょうがく》していると、ぎゅっと眉根を寄せ難しい顔を作っていた恵も堪えきれず噴き出した。

「ちょっと！　これもお父さんの仕業⁉　一体なにがしたいのよ！　謎をといたら見取り図が出てくるとか言わないでしょうね！」

「見取り図？　なんの話だ？」

微妙な顔で紙を眺めていた一政が問うと、恵が子どもたちを呼んだ。来て早々に見つけた見取り図とさっき見つけたばかりの見取り図がテーブルに並ぶ。

「これ、コピーじゃなくてわざわざカーボン紙使って書いてるのか。同じ見取り図？」

「宝の地図！」

政幸の疑問に答えるように甲高《かんだか》い声が宣言した。意外なことに涼ではなくゲーム機を返してくれないとふて腐《くさ》れていた舜のほうだった。

なぞなぞをとけばまた同じ見取り図が見つかるかもしれない。しかし、どう見ても奇妙なポエムとしか思えない。紙になにか仕掛けがしてあるのでは、そう思って照らしたり濡らしてみたりしたが変化はない。

しばらくして、子どもたちは紙と睨み合う大人たちに飽き、居間から出ていった。

「い草の部屋って言われてもなあ。この家、全部和室だし」

政幸が首をひねる。和室もさることながら、昨日こずえは子どもたちと部屋を見て回った。そのときはなにも見つけられなかった。

「ねえ淀川さん、おいしい数式ってなんだと思う？」

「知らん」

淀川は仕事を優先したいらしく、さっそく別の金庫を手に取っている。

「調理とか？　ほら、砂糖何グラムとか、小麦粉何グラムとか」

代わりに答えてくれたのは早川だ。おおっと声をあげて近づくと、淀川に首根っこを掴まれた。

「お前は俺の助手なんだからこんな男にくっついていくな」

「こずえくん！　僕の会社は、今ちょうど事務員を募集している。雇ってあげようか？」

対抗心を燃やす早川を淀川がじろりと睨んだ。同じ職種でおまけに幼なじみのくせに微妙に仲が悪い。なんで？　と尋《たず》ねると「名前」と返ってきた。

「僕が早川で彼が淀川。五十音順でも僕が早くて字面《じづら》も僕が早い。なのになぜかこの男のほうがいろいろ先に行ってて……‼」

たとえばマラソンだったり、テストの点だったり、交友関係、果ては帰宅の時間帯――とにかく淀川が微妙に先を行く。それが許せない、ということらしい。わあくだらない、とは思ったが、早川本人がいたって真面目に訴えてくるので真剣な顔で相づちを打った。

「バカに付き合うな。汚染されるぞ」

「君もいちいち引っかかる言い方をするな！」

それだけライバル視していても、いまだ交流があるということは、

「仲がいいほど喧嘩《けんか》するパターン！」

ポンと手を打つとすごい顔で睨まれて、こずえはそっと二人の鍵師から離れた。しばらくこずえたちのやりとりを見ていた文代は、疲れたと言って自室に戻り、弁護士も急用が入ったと電話をしに出て行ってしまった。

姉弟はテーブルの上に広げられた見取り図を真剣に見つめている。

沈黙を破るように深く溜息《ためいき》をついたのは一政だった。

「本当にこれが宝のヒントだとしたらどうする？」

「いやいや、これ父さんの悪ふざけだって。収集癖があって、一度興味を持つと止まらな

い人だったろ？　これもどうせ、なぞなぞ作りにはまってたときに作ったんだろ」

「父さんは一年前に死んでるんだぞ。誰が金庫にメッセージを入れてるんだ？」

「それは……」

一政の問いに政幸が押し黙ると、重々しく恵が口を開いた。

「もし本当にダイヤが出てきたら？」

「――義兄《にい》さんの会社、そんなにまずいのか？」

恵がびくんと体を揺らした。なぜそんなことを言い出すのか、そう問うような眼差《まなざ》しで一政を見て、キッとまなじりをつり上げた。

「あんただって、プロポーズ前に家を建てたいとか言ってたでしょ？　広い庭付き一軒家。塾の非常勤講師なんて収入が安定してないのに建てられるの？」

「ま……まあまあ。姉ちゃんも、一政も落ち着いて」

政幸が取り成そうとすると、恵が矛先《ほこさき》を変えた。

「――あんただって、子どもに習い事させたいからお金がいるんでしょ？　お義母《かあ》さん寝込んで香奈恵《かなえ》さんがパートやめたから、習い事どころか生活も苦しいくせに」

政幸が目を見開くと、恵は少し狼狽《うろた》えるように言葉を続けた。

「香奈恵さんが言ってたのよ。介護《かいご》が辛いって」

しんと室内が静まりかえる。遺産がほしいのは誰もが同じ――そこにはこずえが考える以上に切実な願いがあった。部屋から逃げ出したい。しかし、今動くのはさすがにはばかられ、こずえは二人の鍵師が金庫を開けるとそれを受け取り丁寧《ていねい》に並べていった。そして、ふっとメッセージが書かれた紙に目を留めた。

「……あ！　わかった‼」

重要でおいしい数式、の一文に、映画のワンシーンが重なった。

重要な数式。さまざまな場面に出てくる数学定数――一番強烈だったのは、子どもの頃に見た、そのタイトルがついた映画だった。

「これ！　π《パイ》だ！　円周率！　ねえねえ、これ円周率だと、思う……んだけど……」

円周率のパイと食べ物のパイをひっかけているに違いない。叫んだこずえは集まる視線にたじろいだ。

「え、……と、でも、そ、そのあとが、わからないんだけど……っ」

い草部屋で踏みつけられる私。そのフレーズを口にしたとき「数字か」と政幸がつぶやいた。

「いぐさ部屋はそのまま一、九三部屋。……けどそんなに部屋はないよな」

政幸の独り言をじっと聞いていた一政は、棚から紙とペンを取ると、ぶつぶつ言いながら「三・一四」からはじまる数字を書き出した。円周率《パイ》だ。学校で習う数字だ。しかし違ったのはそれから先である。一政は途切れることなく黙々と数字を書き出していくのだ。円周率の数字が百を越え、それでもなおつづられていくのを見てこずえはぞっとした。人間業じゃない。塾講師に必要なスキルがよくわからない。

やがて彼は手を止め、羅列《られつ》した数字を数えはじめた。

「一九三番目は〝四〟だな。行ってみよう」

「な、なんで普通に書いてるの？」

愕然とする恵に一政は眼鏡を押し上げながら「三十桁《けた》までは語呂合わせで簡単に覚えられる」と答えた。

「俺は格好いいと思って三百桁まで覚えた。あんまり役に立たなかったけどな。そういえば父さんは喜んでたか。……あんなささいな自慢話、覚えてるとは思わなかった」

複雑な顔で一政がつぶやいた。

鍵師二人を居間に残して四の部屋に行くと、子どもたちも途中で合流し、みんなで故人の収集癖の成果であろう埴輪《はにわ》の並ぶ室内を探し回った。紙には『い草部屋で踏みつけられる私』と書かれていたが、間違ってもＳＭグッズの類《たぐい》はなかった。

しばらくうろうろと歩き回り、こずえは畳を凝視した。みんなも同じように畳を見つめ、誰ともなく廊下へと移動した。

皆で畳を上げていくと、ビニール袋に入れられた見取り図が出てきた。

そして、謎の見取り図は三枚になった。


居間に戻って休憩しながら見取り図を見比べた。カーボン紙で複写された見取り図は、庭園にある傷のような汚れこそ違っても、まったく同じものである。

「……あれ？　鳥の手提げ金庫は？」

淀川が解錠して文代が開け、いったんはテーブルの上に置いた。しかし、どこにも見当たらない。こずえが辺りを見回した。

「ん？　おかしいな。邪魔だから足下に置いたはずなんだけど……」

紅茶を飲みながら政幸が首をかしげ、淀川たちに尋ねた。しかし二人は解除に夢中で手提げ金庫のことなどすっかり忘れていた。居間に入ってきた恵と一政も金庫の所在を知らず、皆が「まさか」という表情になった。

そして、はしゃぐ息子たちと蔵に向かった政幸が、青い顔で件《くだん》の金庫を手に戻ってきた。

「また通路にあった。暗証番号が変わってるみたいだ」

「手順さえ知っていれば暗証番号の変更は誰にでもできますから」

淀川は淡々《たんたん》と答えた。しかし、その金庫は居間にあったはずのもの——皆の動揺を無視し、淀川はいつものように鍵を開ける。そのあいだに恵に呼ばれて文代と柚木弁護士が居間にやってきた。

金庫の中から封蠟された紙が出てきた。


『黒いダイヤを探せ！』


書かれた文句に恵と一政が色めきたった。

「ダイヤですって！」

「まだどこかにヒントがあるのかも……他になにか書いてないか!?」

盛り上がる二人に政幸は戸惑い、弁護士と文代は状況を静かに見守り、二人の鍵師は仕事に戻った。そしてこずえは、そんな面々を少し離れた位置からじっと見つめていた。

もし幽霊が犯人でなければ、誰かが奇妙な動きをしているはずだ。

昨日、一番はじめに見つかったなぞなぞにはお菓子をからめたポエムがつづられ『おじさんの押し入れ』へ向かった。この〝おじさん〟というのは故人の弟で、姉弟たちの叔父にあたり、お菓子好きだったが早世している。

今日見つかった二番目のなぞなぞは、長女の恵が大好きな犬を絡めた問題。

三番目は双子の兄である一政が丸暗記していた数字——そうなれば、次の問題は双子の弟がとける類のものに違いなかった。

「あの、子どもの頃に好きだったものはなんですか？　得意だったものはありますか？」

こずえに尋ねられ、政幸はたじろいだように視線を宙に彷徨わせた。

「結構ころころ変わってたからなあ。サッカー、野球、柔道もやってたし……」

「じゃあ継続して好きだったものは？」

「それなら昆虫採集《こんちゅうさいしゅう》。夏は毎年、虫かごと虫あみを持って出かけてたんだ。蟬《せみ》もよく採《と》ったけど人気なのはやっぱり……あ……ああ！　オオクワガタか！」

政幸はひときわ大きな声をあげた。なにかに気づいたらしい。

「日本最強のクワガタ！　黒いダイヤモンドって言われてるだろ⁉」

同意を求められたが、興奮気味にうなずいたのは涼と舜の二人だけだった。

政幸が先導して一同が向かったのは二階の奥にある収集部屋だった。そこには鍵がかかっていて、解錠された瞬間、こずえと七実は後ずさり、少年たちは目を輝かせた。

「すっげー！　標本だ！」

「これどうしたの⁉」

「子どもの頃に集めたんだよ。自分で作ったのもあるし、買ったのもある」

　コレクターは血筋だったのだと納得した。棚にぎっしり収められた標本ケースにはさまざまな昆虫が収められ、その一部が壁にかけられていた。遮光カーテンが引かれているのは標本の保護のためだろう。

「あ、そろそろ防虫剤入れ替えないとなあ」

「手伝う！　俺手伝う！」

「お、俺もっ」

　虫に慣れていなければ嫌がってしまいそうだが――実際に七実は泣き出して恵にしがみついていたが――少年たちは乗り気で、父親も嬉しそうに笑った。オオクワガタの入っているケースはいくつかあり、その中で一番立派なケースの裏に見取り図が貼《は》られていた。

「母さん、この部屋に父さんって……」

「入ったかもしれません。鍵の保管場所は知ってたはずですから」

　そして今日だけで三枚の見取り図が集まり、昨日の一枚と合わせると四枚になった。

　夕方になるとまた雪が降り出して、昨日と同じように文代に泊まるように提案された。食事の前に風呂をすすめられ、淀川があっさり受けるのを見てこずえが慌てる。

「もう一泊するの⁉」

「金庫がまだ全部開いてない」

「いくつあるの、あの金庫」

ずらりと並んだ金庫を思い出して尋ねると、淀川が考えるように間をあけた。

「百個くらいだろうな。それから千両箱《せんりょうばこ》も相当数。たまに鍵があったりするんだが、油をさしてて役に立たない」

「なんで？」

「油に埃《ほこり》がくっつくんだ。だから逆効果だな。スペアもあるがだいぶずれてるし」

「なんで⁉」

「スペアキーでスペアを作ったんだろ。一度確認しておけば開かないことはわかったのに……純正キーでスペア作って、純正キーはしまっておくのが正しい管理方法だ」

こずえが使うのは自宅の鍵と自分の部屋の鍵、それから自転車の鍵だ。自宅の鍵はスペアだったが部屋の鍵はたぶん純正。なくさないようにスペアを作ってちゃんと保管しよう、そう心に誓ったとき、唐突に母の姿を思い出した。

小学校にあがってしばらくして、まとまったお金が入ったからと引っ越しが決まった。小さなワンルームからいくつも部屋のあるマンションへ。それはまるで夢の城で、幼かったこずえはお姫様になった気分ではしゃいでいた。

『こずえのおかげよ』

　母はそう言った。

『こずえが私に幸運を運んでくれたの。だって――』

　言葉を思い出さないよう、こずえは激しく首を横にふった。深く息をついたそのとき。

「子どもの頃、モデルをしてなかったかしら？」

　文代の穏やかな声に弾《はじ》かれたように顔を上げた。

「突然ごめんなさいね。どこかで見たことがあるような気がして、ずっと気になっていたんです。もしそうなら、もうすぐ――」

「人違いです！」

　こずえは怒鳴るように返し、はっと口を押さえた。

「……ごめんなさい。とてもいい写真だったから、懐かしくて」

「い、いえ」

　こずえはうつむく。じっと見つめてくる淀川の視線から逃げるように浴場に駆け込み、むしり取るように服を脱いで頭からお湯を浴び、湯船に飛び込んだ。

　そのまま湯船に沈み、膝をかかえる。膜《まく》を一枚張ったように水音が籠《こ》もる。息が続かなくなって顔を上げ、浴槽に背中をくっつけた。

「……嘘つき」

たった二人の家族だと思っていた。二人でいれば無敵だった。周りにどんな目で見られたってへっちゃらだった。

それが、違っていた。

だからもう、こずえが頼るものはなくなった。

だから――。

第四章

素顔

1

翌朝、こずえはまたしても淀川《よどがわ》に叩《たた》き起こされた。

入浴前の会話と夕食中のどんよりした空気から、こずえがこれ以上ないほど落ち込んでいると察しているだろうに、一晩たったらまったくいつも通りだった。

「仕事だ」

容赦がない。でも、無神経をよそおうのが彼の優しさなのだと、大きな手にぐしゃぐしゃと頭を撫《な》でられて気づく。

「なにするのよー!!」

でもこずえは手を振り払い、柱まで避難して、再び非日常に身を投じる。

だが、それ以上の非日常が発生していた。

五通目の紙が、件《くだん》の金庫に入れられて蔵の通路に置かれていたのである。

『知恵を絞れ
会いたい　意味　つれていって　愛D』

紙の隅《すみ》に『白地図には〝あい〟を入れる』と注釈が書かれているのを見て、こずえはまた痛いポエムなのかと身構えた。踏みつけられる私、というフレーズを思い出したのだ。

しかし、居間に集まった恵《めぐみ》たちは、すぐにそれぞれに文字を書き取り眺めはじめた。

「……あの金庫って昨日あれからどうしたんだっけ？」

こずえがこっそり尋《たず》ねると、政幸《まさゆき》が保管していた、と、淀川が教えてくれた。

「部屋に持ち帰って枕元に置いといたら、朝起きたらなくなってたって」

「……息子の仕業《しわざ》？」

「知らないって言ってるらしい」

解錠《かいじょう》した金庫を脇に並べ、淀川が淡々《たんたん》と答えた。

「気にならないの？」

「俺の仕事は鍵を開けることだ。金庫がどこにあるかは問題じゃない」

「僕は気になるけどなあ。無施錠《せじょう》だった昼間は誰もが行き来できるけど、昨朝《さくちょう》と今朝の二回は密室でのできごとだろ。事件じゃないか！」

「なにも盗《と》られてない。紙一枚増えただけでなにが事件なんだ？」

幽霊だと怯《おび》えるよりマシだが、まったく気にしないというのもマイペースすぎる気がする。こずえと同じように、早川《はやかわ》が納得いかないという顔になった。

「でも、蔵の鍵は文代《ふみよ》さんが持ってたんだよ？　金庫が移動して、紙が一枚増えただけでも大事件だと思うんだけど」

「……主張するなら目の前に来い」

逃げ腰で語るこずえを見て淀川が手招きした。それがなんとなく不気味で首を横にふると、手にした金庫をテーブルに置き、不機嫌顔の淀川がゆっくりと立ち上がった。

ひいっと胸中で悲鳴をあげるとタイミングよく電話が鳴った。

「淀川さん、電話！　仕事！」

こずえの指摘に淀川が舌打ちして携帯電話を摑《つか》んだ。

「はい、淀川鍵屋です。……はい。……家の鍵ですね、わかりました。今出張中なので、別の鍵屋を紹介しますよ。……大丈夫です」

身を乗り出す早川を見て、淀川の肩が落ちた。

「隣町にある信用のおける鍵屋です。セキュリティ対策にも強いので……ええ、すぐに折り返し電話させます。電話番号を……」

メモを書き取り、淀川はそれを早川に突き出した。どうやら上津《こうづ》家滞在中に来た依頼は全部早川の会社に回しているらしい。

「信用⁉　もちろんだとも！　迅速丁寧《じんそくていねい》、アフターサービスも完璧さ！」

褒《ほ》められたのが嬉《うれ》しかったのか、早川は満面に笑みをたたえてメモを受け取り、携帯電話を取り出した。それを見て淀川が舌打ちする。

「昨日からこればっかりだ」

横顔からもただよってくる苛立《いらだ》ちに、こずえはそろりと二人から離れた。一方、上津家の面々は痛いポエムに夢中になっている。

「縦読みだ！」

涼《りょう》が一つ覚えのように提案するのを聞いて政幸が「うーん」とうなった。

「知、会、白？　違うかなあ……舜《しゅん》は？　このなぞなぞどうしたらとけると思う？」

息子二人を膝《ひざ》にのせ、別の紙に書き取った文字を眺めている。七実《ななみ》が見たがっていることに気づき、涼が場所を譲ってやっていた。七実の「ありがとう」の言葉に涼はそっぽを向いて、すぐに照れたように笑みを浮かべた。

「……難しい問題じゃないよ。今まで、全部ちゃんととけたもん」

舜の返答に政幸は目をぱちくりさせたが、七実は賛同するように大きくうなずいた。

「そうかそうか。そうだよな。父さんが考えたんだからとけるよな。確かにそうだ！」

政幸は笑いながら舜と七実、それから涼の頭を順に撫でた。

一政《かずまさ》はテーブルの端で書き取った文字をばらしたりくっつけたりを繰り返し、恵は思案げに紙を凝視して部屋中を歩き回っている。

「どうしたんですか？　えっ。また暗号ですか？」

朝食後に部屋に戻っていた柚木《ゆのき》弁護士が、居間を覗《のぞ》き込んで呑気《のんき》に声をあげた。苦笑を返して状況を説明するのは文代である。こずえはその光景をフィルムに収めてから廊下に出た。雪はだいぶ溶け、屋根の上に積もったものは庭に滑《すべ》り落ちてこんもりと山を作っていた。

こずえはシャッターにかけていた指をそっと離して溜息《ためいき》をついた。

「血筋ってわけじゃないのに……」

カメラを持つと胸が躍《おど》る。そんな自分に気づくと苦いものがこみ上げてくる。

こずえは客間に戻るとカメラを置き、代わりにコートを掴んだ。玄関に行って外へ出れば、ぴりりと肌を刺すような冷たい空気が全身を包んだ。日差しはあたたかいが風は冷たい。ガラス越しに見る美しいばかりの世界とは違う。

飛び石を渡って蔵に向かったこずえは、蔵の中を覗き込んで息をついた。

金目のものが出ていないせいか、奇妙な現象が続いていてもいまだ施錠されていない。

「……不用心。また金庫が盗まれて紙が仕込まれるかもしれないのに」

誰が、どうやって？　なんの目的で？　次のなぞなぞをといても出てくるのは屋敷の見取り図に違いない。だったら探すことに意味はあるのか。あの見取り図に価値はあるのか。

見取り図になんの価値もなければ、期待が大きいぶんだけ落胆するに違いない。

こずえは悶々《もんもん》としながら蔵の中に足を踏み入れた。

窓から差し込むわずかな光。ぴんと張り詰めた空気を全身で感じながら、ゆっくりと蔵の中を見て歩く。鍵をかければ密室となる蔵。サスペンスドラマなら遺体が転がっていそうな場所だが、実際に転がっていたのは謎の紙を入れた鳥の意匠の金庫だった。

うろうろ歩き回ると、小さな足跡が奥に延びていることに気づいた。独特の模様の靴底──それは、蔵の奥に行くほどくっきりと残り、はしごの前でピークになった。

「……誰かがはしごを使った？　この靴跡って……」

見覚えがある。はしごを上って振り返り、はっとした。こずえの足跡はほとんど消えているのに、小さな足跡はくっきりと残っているのだ。

「え？　これ、まさか……!?」

鍵を開けて高窓から身を乗り出し「やられた」と思った。もともと屋敷と蔵はさほど離れていない。屋敷の屋根に飛び移れば移動できるだろう。昼間のあいだに高窓の鍵を開け、夜中、金庫を手に屋根伝いに移動して蔵の高窓から中に入り、金庫を置いて戻る──充分に可能だ。翌朝、蔵を開ければ金庫を見つけて皆が騒ぎ出す。その混乱に乗じて高窓を施錠すれば密室ができあがる。足跡を消し忘れているのはいかにも〝彼〟らしい。

「だったらはじめのときは？」

降り積もった雪は、玄関から蔵に行く道をおおい隠していた。蔵の周りにも足跡はなかった。屋根にも雪が積もっていたから屋根伝いの移動はない。鍵を持っていたのは文代だが、宴会中はずっと座っていたので雪が降る前に蔵に行った可能性はない。

「右翼の宴会場から左翼の蔵まで庭を突っ切って直線コースで行ったとしても、新品の南《なん》京錠《きんじょう》があるしなー。……誰か、鍵開けるのが得意な人が他にもいたとか？　だったらなんで今日は高窓を使ったの？　普通に鍵を開ければいいだけなのに」

こずえは高窓を指さす。次に鉄の扉を指さす。そして、湿気を抜くためだろう低い位置にある小さな窓を指さした。小窓の数は全部で四つ。鍵はもちろん内側からかけるタイプだ。二重の木枠になり、磨《す》りガラスがはまっている。開けて頭を突っ込んでみたが――やはりどう頑張っても抜けられそうにない。

「ここから金庫を投げ……ても、棚があるから無理か。別の窓にヒモを通して引っぱって……も、蔵の中央の通路に金庫は置けないし……」

ぱたぱたと歩き回り、小窓の位置を確認して肩を落とす。だいたい、乱暴に扱ったら手提げ金庫などすぐに傷だらけだ。こずえはコートを脱いでもう一度小窓に頭を突っ込み肩を外へ出してみた。しかしそれ以上が進まない。肩をすぼめてみても無理だった。

仕方なく体を抜こうとしたら、今度は抜けない。

「え、なにこれ、はまった⁉」

ばたばた暴《あば》れていたら背後から「なに遊んでるんだ？」と低い声が聞こえてきた。

「よ、淀川さん⁉　助けて！　はまった！」

「……しばらくそうしてろ。俺はさっさと仕事をすませる。みんななぞなぞ遊びに夢中で、おかげで俺が金庫運びまでさせられて……」

「淀川、こっちの……うわ⁉　なんだその絶景⁉」

早川の声とともに足音が近づいてきてこずえは慌てた。

「み、見ないで！　あっち行ってー‼」

「早川、行くぞ」

「ま、待って、行かないで！」

真っ赤な顔で壁をばんばんと叩く。このまま別の誰かが来るまで放置なんて悪夢だ。恥ずかしいうえに、コートを脱いだせいで体温がどんどん奪われていく。

「引っぱって！　早く出してー‼」

　こずえが絶叫すると妙な間があった。そして、いきなり足をがっちり掴まれた。ひいっと悲鳴とともにのびあがると、さらに腰まで掴まれて絶叫する。

「暴れるな。置いてくぞ」

「置いてかないで！　でも触らないでー!!」

「こらこら、そんなに動いたら力が入らないよ。……淀川、僕はこの魅力的な腰をもっと強く抱きしめるべきだと思う……？」

「いーやー!!」

　そんな大騒ぎのもと二人がかりで引っこ抜いてもらい、こずえは両手を床について項垂《うなだ》れた。頭上からそそがれる淀川の冷ややかな視線が痛い。まあまあ、と、なぜか上機嫌の早川が肩にコートをかけてくれた。

「最悪！」

「まったくだ。お前のせいで窓が……おいこれ、壊れかけてないか？」

「えっ」

「あ、本当だ」

　がばりと顔を上げたこずえは、淀川が指さし、早川が凝視するその先を見た。小さな窓。それが枠ごとずれていたのだ。

2

「謎ポエムを一度アルファベットに直す。そうすると……」

AITAI　IMI　TURETE　ITTE　AID

一政《かずまさ》が紙にアルファベットを書く。それを皆が見守る。さんざんな思いで居間に戻ったこずえは、謎解きに夢中になる人たちを見ながら壁に張り付いていた。

「故人《こじん》はもともと遊び好きだったんだろうな」

ぽつんと淀川《よどがわ》が言う。こずえがちらりと視線を上げると「名前」と続けた。

「順一《じゅんいち》、一政、政幸《まさゆき》。名前を一文字ずつ次に生まれた者に送ってるんだ。もしかしたら先代は〝順〟のつく名前だったのかもな。しかし、なんで恵《めぐみ》だけ違うんだ。女だからか？」

違う。恵は文代《ふみよ》の連れ子で順一の子どもではない。だから名前は引き継がれなかったのだ。こずえが押し黙ると、淀川は再び金庫の鍵を開けはじめた。どうやら中にはかなり難解な鍵も交じっているらしく、たまに表情が険《けわ》しくなっていた。

「ねえ、この〝知恵を絞れ〟って、これも一緒にアルファベットに直したら？」

「……アルファベットを組み直すと文字になるとか？」

恵の言葉に政幸がうなり声とともに尋《たず》ねる。個々で謎解きをしていた彼らが、いつの間にか一枚の紙を取り囲んで知恵を出し合っていた。

「……あれ？　知恵って絞るの？　出すものじゃなくて？」

こずえが首をひねる。

「どちらも使うよ。父さんはよく知恵をつけろって言ってたな。洒落《しゃれ》たいたずらには頭を使うからって……」

政幸の言葉に恵と一政がはっとした。

「そうだ。口癖は知恵をつけろだ。知恵を絞るってことは――取れってことか？」

きょとんとする政幸を横目に、一政がアルファベットの中から『T』『I』『E』の三文字を消しはじめた。

「なんだ？　AAMURAD？　ああ、むらだ？」

一政が首をひねると、テーブルをはさんだ反対側に腰かけていた恵が末尾の〝D〟を指で押さえた。

「逆さ読みじゃない？　むらだじゃなくて、ダルマ。でも、Aが一個よぶんね」

「ダルマ？　ダルマって……」

　みんながいっせいに振り向き、壁に張り付いていたこずえはぎくりとした。皆の視線を追って斜め下を見る。そこには片目の入っていない大きなダルマがぽつりと置かれていた。これ？　と持ち上げたこずえは、ダルマの底になにかが張り付いていることに気づく。剝《は》がしてみると紙の入ったビニール袋だった。

「これで見取り図が五枚か」

　大人たちは渋面でテーブルの上に広げられた見取り図を見比べる。しかし、見取り図に大きな違いなど見つけられない。子どもたちも見取り図を二枚重ねて首をかしげた。

「「一緒だね」」

　涼《りょう》と七実《ななみ》が同時につぶやき、きょとんと顔を見合わせた。涼が照れたようにそっぽを向き、すぐにもう一枚見取り図を増やして七実と肩をくっつけるようにして眺めはじめた。直後、舜《しゅん》が声をあげ、慌てたように見取り図を五枚重ねて明かりにかざした。

　期待に満ちた三対の瞳が大きく見開かれ、

「お父さん、字が書いてある。ほらここにアルファベット！」

　舜が弾《はず》む声で呼ぶ。政幸が子どもたちから見取り図を受け取ると一政と恵がやってきた。

「どこ？　文字って……あ、もしかして、庭？　これ、汚れじゃないの？」

一枚一枚はひっかいたような〝汚れ〟だが、重ねると確かに文字になっていた。

「さすが俺の息子！　でかした!!」

政幸の大きな手にぐりぐりと撫《な》でられ、涼と舜は首をすくめるようにして笑う。七実も恵に褒《ほ》められて嬉《うれ》しそうにうなずき、一政はそんな光景を眩《まぶ》しそうに眺め、改めて明かりに重ねた見取り図をすかした。

「ええっと……K、O、K、O、D……それから、Y、O？　〝ここだよ〟……？」

読み上げた一政が首をかしげる。言葉としては通じる。しかし、なにが言いたいのか要領を得ない。

「ねえ、どうして〝D〟だけで〝だ〟って読むの？」

「ど……どうしてって、そういうものだからなあ。本当はこのなにも書いてない白い部分に〝A〟を入れて……」

政幸の言葉に、涼がなぞなぞの紙を引き寄せ、一つだけあまっていた〝A〟を指さす。

「この〝A〟？」

「そうそう、その〝A〟を……ああ、白地図って見取り図の白いところのことか！」

ぽんと政幸が手を叩《たた》き、恵が首をひねった。

「じゃあ〝あい〟を入れるって〝AI〟を入れるってこと？」

「〝I〟抜けって指示だから単純に〝A〟でいいだろ。それで文章完成するし。……なあ政幸、この〝A〟が入る場所って……果樹園、だよな……？」

　一政がそう問うと、政幸はすっくと立ち上がるなりコートを手に居間を飛び出した。一政もコートを手に居間を出て、恵や子どもたちも困惑気味にそれを追う。

　居間に残ったのは、鍵師《かぎし》二人と家主の文代、弁護士、そしてこずえの五人だった。

「行ってみますか？」

　外が騒がしくなったのに気づき柚木《ゆのき》弁護士がそう声をかけてきた。こずえはうなずくなりコートを羽織《はお》る。意外なことに、淀川たちも立ち上がった。庭に出ると果樹園の一角にみんなが集まり、柿の木の根元を一政と政幸の二人がシャベルで掘り起こしていた。

「待って、どうしたの？　なにいきなり掘ってるの？」

　恵の問いには答えず二人は黙々と木の根元を掘り続けた。額《ひたい》に汗が浮き、息が荒くなる。

　コツンと硬い音がしたとき、二人は同時に手を止めた。

　冷たく湿った土の中に箱が埋まっていた。全体にびっしり錆《さび》の浮いた粗末《そまつ》な鉄の箱だった。二人はシャベルを置き、大切そうにその箱を取り上げた。

「懐かしいな。これ埋めたのっていつだっけ？」

「小学校の……五年生のときだったと思う」

「な、なによ？　どうしたの？」

戸惑《とまど》う姉を弟たちはまっすぐ見つめた。服装や髪型は違うのに、まるで合わせ鏡を見ているように表情はそっくり同じだった。

二人は箱を開けると錆を拾って汚れた二つ折りの紙片を恵に差し出した。

じっと固まっていた恵は、うながされてようやく紙片を開く。ノートを破って書いたのか、灰色の線が入った紙には鉛筆でこう書かれていた。

『ずっと仲良しでいたいです』

不格好な文字の脇に、一政と政幸の名前が添えられていた。

「それ書いたの、姉ちゃんが母さんの連れ子だって知ったときだったんだ」

こずえの鼓動《こどう》が大きく跳ねた。まるで自分のことのように、心の奥底に動揺が広がっていき、こずえはぎゅっと胸を押さえた。

恵は紙片からゆっくりと視線を剝いだ。

「十歳の子どもにはセンセーショナルで、どうしていいかわからなくて、父さんに訊《き》いたんだよ。そうしたら、どうしたいか紙に書いて、大事にしまっておけって。いつかなにかあったら掘り出して確認しろって……」

「埋めたこと完全に忘れてたのに、このタイミングで掘り起こさせるんだもんなあ」

一政と政幸は同時に溜息《ためいき》をついた。政幸はきょとんとする子どもたちの背を押し、屋敷に帰るようながしシャベルを手にした。

「ダイヤなかったな。はじめから隠してあるって書いてあったわけじゃないし」

「まさか本当に蔵のぼやで燃えたのか……？　お前、余裕だな。あてがはずれたのに」

「もともと義母《かあ》さんの介護《かいご》は俺もサポートするって決めてたからな。息子の習い事は……まあ、嫁さんと話し合いになるだろうけど。一政はプロポーズ先送りか？」

意気消沈する一政に、政幸は苦笑とともに質問を投げる。

「……その前に付き合わなきゃならないんだが」

「そこからかよ！」

「一政、政幸！」

手早く穴を埋め、終わったと言わんばかりに屋敷に向かう弟たちに恵は慌てて声をかけた。動揺が伝わってくる。なにかを語ろうと開かれた唇《くちびる》が、そのまままきつく引き結ばれた。そのとき、軽やかな電子音が聞こえ、恵の肩が大きく震えた。屋敷に向かっていた七実がくるりと踵《きびす》を返し、恵のポケットをさぐって携帯電話を取り出した。

「姉ちゃん、会社、そんなにやばいのか？」

何度か連絡を取り合っていたのでそう判断したらしい。一政が難しい顔で七実の手元を見て——そして、ぎょっとしたように身を乗り出した。

「吉峰《よしみね》さん⁉」

七実は小首をかしげながら「ラブちゃんだよ？」と、携帯電話の液晶画面を一政に見せた。こずえもどさくさに紛れて覗《のぞ》き込む。垂れ耳の犬の横に、えくぼが可愛《かわい》らしい丸顔の女性が写っていた。『ラブちゃん今日も絶好調です！』の一文が添えられている。

「吉峰さんって……ああ、藍子《あいこ》ちゃん？　ブリーダーさんのところでバイトしてる子よ。犬が大好きで、いつか自分もブリーダーやりたいって勉強してて、すごく丁寧《ていねい》にいろいろ調べてくれたからラブを飼うことになったんだけど……もしかして、知り合い？」

「……知り合い、と、……言うか……」

「彼女さんですか？」

ぴんときたこずえが尋ねると「いや」と否定の声が聞こえてきた。

「塾講師やめようかって公園で黄昏《たそが》れてたら、声をかけてくれた女性だ。犬は弱ってる人を見ると放っておけないんだって、散歩のたびに公園で犬をけしかけられて……」

迷惑そうな、それでいて嬉しそうな表情に、大切な女性であるのだと納得する。彼女の夢がブリーダーで、だから彼は一軒家がほしかった。極端でわかりやすい思考回路だ。

一政はずり落ちた眼鏡を中指で押し上げた。

「経理、俺が見ようか？　絞れる経費を徹底的に絞ってやる」

「え……？」

「実は今、講師の仕事減らして税理士事務所でバイトしてるんだ。次の試験で資格を取れたら正規採用されて時間ができる。……彼女のお得意様になにかあると、俺も困るんだ」

「――そういうときは、まだ自信がないけど手助けしたいって素直に言っておくべきだと思うけど」

「ビ、ビジネスだ！」

　政幸の言葉に一政が顔を赤らめて訂正する。

「そっかー。講師辞めるのか。こんな時期に実家に来てるなんて変だと思ったけど……なあなあ、うちの息子たちの勉強も見てやってくれよ。暇になるんだろ？」

「暇になるとは言ってない！」

　小突《こづ》きあいながら屋敷に向かい、一政が恵に〝ラブ〟の写真を転送してくれるように頼み、政幸にからかわれていた。ダイヤがなくて落胆するかと思ったら、まるで憑《つ》き物《もの》が落ちたかのようにそれぞれが笑みを浮かべている。

　不思議なものを見るように見送っていると、

「じゃ、われわれも」

立ち尽くすこずえたちに柚木弁護士が声をかける。言われるまま歩き出した文代は、動こうとしないこずえたちに気づいてゆっくりと振り返った。

「どうかしたんですか？　寒いですし、もうすぐお昼に……」

「あの！　手提げ金庫を置いた人のことなんですけど！」

こずえが緊張気味に声をかけると、弁護士も戻ってきた。こくりと息を呑《の》む。

「た……たぶん、子どもたちがやったんだと思います」

「え？　でも、子どもたちが率先《そっせん》してなぞなぞを解いてましたよ？　それに、蔵は密室だったじゃないですか」

弁護士の言葉にこずえは首を横にふった。

「あの小窓、窓枠ごとはずれるんです。そこから出入りできるのは体の小さな子どもだけ──その中でも、可能なのは、小柄な七実ちゃんだけです」

「涼や舜は、七実とずっと一緒だと言ってましたよ」

「なにをしてるかは言ってません。それから今朝、蔵のはしご周りにあった靴跡は、涼くんのと同じでした」

りません。それから今朝、蔵のはしご周りにあった靴跡は、涼くんのと同じでした」

初めは七実が一人でなぞなぞを隠したかもしれない。だが、途中から子どもたちは一緒に行動をしていた。子どもたちに問えば答えが出るだろう。

「……七実はおじいちゃん子でしたから、生前なぞなぞを隠すように頼まれたのかもしれません。でももしそうだとしても、子どものしたことですから。可愛いいたずらです」

文代はそう言って微笑《ほほえ》んだ。屋敷に戻った誰もがもう金庫のことなど気にしていないだろう。一人だけ気にしていたのかと思うと恥ずかしくて、こずえはぎゅっと唇を嚙《か》んだ。

「さあ、冷えますから屋敷に……」

「もう一つ」

歩き出す文代を淀川が呼び止める。

「実は全部気づいてましたよね？」

淀川の淡々《たんたん》とした問いに文代が小首をかしげた。

「全部？」

「金庫を運ぶ〝幽霊〟の正体も、なぞなぞの内容も、なにが隠されてるのかも——実は全部知っていましたよね？　見取り図を隠していたのはあなたじゃありませんか？」

こずえがぎょっとして淀川を見ると、文代は眉をぴくりと持ち上げた。

「なにか証拠が？」

「古い犬小屋はまだしも、居間にあるダルマの下に隠してある見取り図が一年間も気づかれないなんて考えられない。来客中にも掃除に来るくらいですから」

「……子どもたちが隠したんじゃ……」

「だったらあんなに楽しそうに宝探しなんてしません」

文代が口をつぐむ。

「それから、最後に出てきた鉄の箱。何十年も地中にあったにしては腐食《ふしょく》が少ない。紙もずいぶんきれいでした。誰かが保管して、埋め直した可能性が高い」

はあ、と文代が気のない返事をする。

「——それから、遺言書を一年後に開封するなんてあり得ません」

「え、でもそういう遺言なら……」

「あり得ない」

こずえの意見を淀川があっさり切り捨てた。

「遺言書っていうのは死後すみやかに開封されるのが大原則なんだよ。弁護士が立ち会って死後一年たってから開封なんて、そんなもんあってたまるか」

こずえが淀川から視線をはずして早川を見ると、彼も当然とばかりにうなずいた。

「え。じゃあ弁護士さんもぐる⁉」

「ま、待って、待って！　ぐるだなんて人聞き悪いですよ。長い付き合いのある上津《こうづ》家の奥様からのご依頼だったんです！　『宝探ししようぜ！』みたいな遺言書は遺産配分で揉《も》めるもとだと言ったら、ただの手紙だから遺言書じゃないとおっしゃって……子どもたちの将来を憂《うれ》う順一さんの気持ちを考え決行した次第で」

しどろもどろに説明した弁護士が、はあっと溜息をつく。

「恵さんたちに気づかれなかったのが幸いでした。でも、やっぱり鍵師さんはだめですね。よくご存じでいらっしゃる」

「……順一さんが七実になぞなぞを託したのは知ってたんです。まさか、金庫になぞなぞを隠すために蔵の鍵を持ち出してしまうとは思わなくて困りました。恵が気づいて騒ぎになって、七実も返すに返せなくなってしまったんでしょうね」

だから文代は鍵師を呼び蔵を開けて、七実が金庫になぞなぞを隠すのを待った。

「ゴミ箱から書き損じを大量に見つけたので問題はすべて知っていたんです。一人じゃどうにもならないヒントをもとに宝探しをさせて……私も順一さんみたいに思ったんです。昔みたいにしていたら、仲良くなるんじゃないかって。あの子たち、単純だから」

「ふ、文代さん……」

「あら、内緒ですよ？　血は繋《つな》がってなくったって、三人とも私の大切な子どもなんですから。また喧嘩《けんか》されたんじゃおちおち寝込んでられません」

額を押さえる弁護士に、しゃんと背筋を伸ばした老女が軽やかに笑ってみせる。

こずえは引っかかる言葉に眉をひそめた。

「血が、繋がってない……？」

「ええ。恵さんは他界した前夫の連れ子です。恵さんの母親と私の名前が同じで、それが縁で知り合って――でも彼は、結婚してすぐ幼い恵さんを残して逝《い》ってしまったんです」

その後、順一と出会って再婚し、一政と政幸を産んだ。

「たとえ血の繋がりがなくったって縁は地続きですからねえ。重なればそこからどんどん広がっていくんですよ」

そんなふうにさらりと口にしてしまうことに当惑する。母と赤の他人だと知ったとき、こずえは世界が壊れてしまったかのように絶望した。積み上げてきた日常も信頼も、あの一瞬で全部嘘《うそ》になってしまった。

日常から逃げ出した今でも、それを思い出すたびに息苦しくなる。

黙っていることは裏切っていることだ。

相手の信頼もその存在すらも。

「こずえ？　どうした、行くぞ」

玄関に向かった淀川が、柿の木をじっと見つめたまま立ち尽くすこずえを呼ぶ。少し離れてのろのろついていくと、文代が足を止めて柿の木を振り返った。

「あの箱を埋めたのは順一さんです。まだ元気だった頃に」

ぺたんと文代は頬《ほお》に手を当てた。

「なにを企《たくら》んでるか気になってすぐに掘り起こしたんです。――箱の中から手紙とダイヤが出てきたときには驚きました。蔵のぼや騒ぎで一緒に燃えたとばかり思っていたのに、全然別の場所にしまい込んでたみたいで」

え、と、全員の足が止まった。

「あの人としては、弁護士立ち会いのもとで開封されるんだからいいじゃないかって考えだったみたいですけど……。ねえ、揉め事のもとじゃないですか」

「そ……そのダイヤ、ど、……どうしたんですか？」

柚木弁護士の問いに、文代はにっこりと微笑んだ。

「さあ。天国でしょうか。順一さん、ダイヤが大好きだったから一緒に火葬してもらったんですよ。ベルギー産のいいものでも鑑定書は燃えてしまいましたし、購入時ほどの価値はありませんでしたしねえ。一億なんてとんでもない。せいぜい一千万です」

それでも充分に高額だ。弁護士は気が抜けたように笑い、淀川と早川は聞こえなかったと言わんばかりに耳を塞《ふさ》ぎ――こずえは、変わらず目の前に広がり続ける非日常に小さく息を落とした。

3

昼食をご馳走《ちそう》になってからこずえたちは上津《こうづ》家をあとにした。

雪は大半が溶け、ちらほら見える門松に、ようやく今日が今年最後の一日であることを思い出した。十二月三十一日はこずえの誕生日でもある。今日でようやく十六歳——結婚だってできる本物の〝大人〟だ。

ともに祝う相手もいない非日常の中の記念日。口元に自虐的《じぎゃくてき》な笑みが浮かんで消えた。

「鍵師《かぎし》っていつもこんな感じ？」

車が走り出した十分後、こずえはハンドルを握る淀川《よどがわ》にそう尋《たず》ねた。

「レアケースだ」

「……気づいてたなら教えてくれればよかったのに」

八つ当たりのように抗議すると、淀川がなんのことだと言いたげに視線をよこしてきた。

「遺言書を開ける時期」

「ああ……早川《はやかわ》も黙ってたから、なにかあるのかと思って」

つまり、彼らの中では気づいて当然というレベルの疑問であったらしい。経験値の差ということなのだと理解したが――しかしそれでも、一言くらい言ってもらいたかった。

「助手なのに」

「見習い」

言い直されてふて腐《くさ》れた。助手といっても、依頼主たちの気を引いて淀川の仕事がしやすくなるようフォローしているだけだし、実際には見習いどころか付き人レベルだ。

車窓を流れる景色を見つめていたこずえは、見覚えのある文字に息を呑《の》んだ。

『写真家　遠野夏帆《とおのかほ》』

赤信号で車が停《と》まる。軽いエンジン音とともに車体が小刻みに揺れる。それがやけに気に障る。

「どうした？　ああ、……有名らしいな。その写真家」

『十二月三十一日　初写真集発売』

そう書かれたのぼりが冬の冷たい風にはためいていた。のぼりは呆《あき》れるほどシンプルだった。白地に黒。文字にデザイン性はあるものの必要最小限の情報しか記入されていない。中央に書かれた『素顔』という文字がやけに目立っていた。

「写真集の発売日、今日だったのか。祐雨子《ゆうこ》が予約したとか騒いでたが……そういえばその名前、どこかで聞いたような……」

淀川の声が遠かった。母はいつも忙しくて、どこでなにをしているのかわからなかった。伝言は子どもの頃から使っていたホワイトボードに書いた。携帯電話を持っているのになぜかそれだけは変わらず、今でもずっと続いていた。

けれどそこに写真集の話題は一度も書かれなかった。

「……私、知らない」

はじめての写真集なのに、なにも聞いていない。

コツンと窓ガラスに額《ひたい》をぶつける。淀川の携帯電話が鳴った。こずえが顔を上げると、携帯電話が膝《ひざ》の上に放り投げられた。のろのろと出ると仕事の依頼だった。

「これって日常？　それとも非日常？　こんな毎日も、いつか普通になるのかな」

メモを取り、ぽつりとつぶやくこずえに淀川は奇妙な顔をした。

「なに言ってるんだ。これが普通だろ？」

「……そっか。これが普通か。そうだよね。これを日常にしちゃえばいいんだ」

非日常を日常に。過去を全部捨てて、今を受け入れればいい。こずえが納得していると、淀川がちらりと視線を投げてきた。

「おかしなやつだな」

仕事に同行し、店で接客をして、おいしいおまんじゅうを食べる。うん。悪くない。こんな日常もいいかもしれない。

もう非日常なんて思わなくてもいい——そう納得した。仕事を終わらせ、買い物ついでに淀川が気まぐれにケーキを買ってくれた。車を駐車場に停めて荷物を半分ずつ持ち冷たい風に身をすくませ、小走りになる淀川からちょっと遅れてついていく。

淀川がふっと足を止めた。スーツ姿がやけに似合う男が店の前に立っていた。淀川とさほど変わらない年齢の柔らかな笑みの男だった。

「久世《くぜ》？　どうしたんだ？」

「は・り・こ・み」

にっこり微笑《ほほえ》んでコートの下からちらりと黒い手帳を見せる。まるでドラマのワンシーンのようだ。こずえは淀川と久世と呼ばれた男を見比べる。

「淀川くん、未成年者略取《りゃくしゅ》って知ってる？　僕はねえ、友人に犯罪者を出したくないんだよ。僕の輝かしい未来のためにも。わかる？」

「……なんの話だ？」

「その子、捜索願が出てる」

ぎくりとこずえは後ずさる。

「その子って——こずえか？　なに言ってるんだ。保護してるって電話かけただろ？」

電話？　どこに？　まさか、警察に？　こずえは久世と呼ばれた男の正体に動揺し、そして、淀川の言葉に狼狽《うろた》えた。

「直近《ちょっきん》でかかってきたのは野良猫を保護したって寝ぼけた電話じゃないか」

「いや、俺は確かに女子高生を保護してるって……」

「言ってない！」

久世が苛々と怒鳴るのを聞きながら、こずえは茫然と淀川を見た。淀川はなにもかも知っていた。こずえが学生で、保護を必要とする状況であること――すべてを知ったうえで騙されたふりをしていたのだ。彼にはなんのメリットもない。それなのに、放り出すことなく、行くあてもないこずえに居場所をくれた。

記憶をさぐるように押し黙った淀川がちらりとこずえを見た。どきりとしたこずえは、彼の視線がゆっくりとこずえの背後に移動するのに気づく。

背後から、カツンと高い靴音が響いた。

名を呼ばれたような気がして、こずえはゆっくりと振り返る。

立ち尽くすこずえの目に、艶《つや》やかな黒髪を短く切りそろえた女の姿が焼き付く。きつくつり上がった目に真っ赤な口紅、細い体を包むシンプルなスーツ。高いヒールがアスファルトを叩《たた》く。

遠野夏帆。

十六年間、母と偽《いつわ》ってこずえを育ててきた赤の他人。

こずえは踵《きびす》を返した。

「君！　待つんだ！」

こずえは買い物袋を久世に投げつけ、ひるんだ隙《すき》に脇道に飛び込んだ。知らない道をがむしゃらに走って、細い道から広い道へと飛び出す。

クラクションの音が聞こえた。けたたましいブレーキ音と悲鳴――。

道路に飛び出したこずえが見たものは、コマ送りで近づいてくる車だった。よけなければ、そう思ったのに体が動かない。急ハンドルを切ってスピンした車がまっすぐこずえに向かってくる。ブレーキ音に悲鳴が交じる。体が車体に接触するまさにそのとき、横から伸びてきた手がこずえの腕を摑《つか》んだ。視界が激しく揺れ、体全体に鈍い音が響《ひび》く。とっさに目をつぶり、肩に鋭い痛みを感じて目を開けた。

そこには、青くなる淀川の顔があった。アスファルトに座り込む彼は、こずえを守るように抱きしめて大きく息をついてから口を開いた。

「なにしてるんだ、お前は！　死ぬ気か!?　落ち着いて話を――」

荒い息が背後から迫り、追いついた夏帆にいきなり肩を摑まれた。無理やり淀川から引きはがし、怒りの形相《ぎょうそう》でこずえの頰《ほお》を引っぱたく。

痛みと驚きで言葉もないこずえを夏帆が睨《にら》むように見つめた。

「このバカ娘！」

娘なんかじゃない。終業式だったあの日、古い戸籍謄本《こせきとうほん》が夏帆の荷物から出てきた。そこに書かれた養女の文字に、こずえは心臓が止まるかと思った。悪い冗談だ。父はこずえが産まれてすぐ他界し、ずっと母一人子一人で暮らしてきたのだ。こずえはこのときまで、そのことになんの疑問も持たなかった。

だから、戸籍謄本が間違いであることを確認するため、仕事から帰ってきた夏帆を問いつめた。冗談だと笑ってほしかった。

そして、青ざめ絶句する夏帆の姿に、それが真実なのだと知った。

こずえの中で壊れてしまったもの。それは、今まで当たり前のように積み重ねてきた日常――こずえは、非日常どころか日常さえ失っていたのだ。

「う……嘘《うそ》つき」

とっさに口をついたのは、ずっと心の中で繰り返してきた言葉だった。

夏帆の肩が大きく揺れ、重苦しい沈黙が落ちた。

立ち上がった淀川がゆったりした足取りで離れていく。視線を落としたこずえは、夏帆が靴を履いていないことに気づいた。ストッキングには穴が開き、小指から血がにじんでいた。走りづらいヒールを脱ぎ捨て、必死で追ってきてくれたのだ。

「こずえ」

淀川の声に顔を上げると、目の前に銀のペンダントが揺れていた。さっき、腕を引かれたときに鎖《くさり》がちぎれてしまったらしい。強い衝撃でずれた蓋《ふた》を見て肩が震えた。淀川を見上げると、彼はいつも通り無表情でこずえを見おろしていた。

それはまるで、はじめて出会ったときの再現のように。

「落とし物だ」

彼は淡々《たんたん》とそう告げた。鎖が光を弾《はじ》いてきらきらと輝いていた。

ペンダントを受け取ったこずえは、震える手で蓋に触れた。子どもの頃から肌身離さず持っていたペンダント。小さな傷が無数にあるその蓋をこわばる指先で開いた。

中にあったのは色あせた写真だった。今よりずっと若い夏帆が、大きなお腹《なか》を大切そうに支えて微笑んでいた。そして、夏帆の隣に赤ん坊を抱きかかえた女がいた。髪を軽く束《たば》ねた色白の女――その笑顔に、鼓動が少し速くなる。

『こずえと親友夏帆と、三人で』

蓋の内側に細く刻まれた文字にこずえは目を見開く。洒落《しやれ》た細工が大好きで、夏帆にねだったペンダント――ずっと夏帆のものだと思っていた。だけど、それは。

「こ、の、写真の、人……？」

夏帆に見せると、彼女は息を呑んで顔をくしゃくしゃにして笑った。

「なんだ、ずっと開かなかったくせに」

深く息をつき、夏帆が言葉を続けた。

「それ、あんたの生みの親で私の親友のしずく。……しずくの家と私の家、昔は家族ぐるみの付き合いをしてたのよ。ちっちゃい頃からいっつも一緒。ウチは母親が体壊しちゃってたから、しょっちゅうしずくの家でごはん食べさせてもらってたの。結婚式のときなんて、しずくのお父さんが父親役で出てくれたくらいなんだから」

夏帆の口元に淡い笑みが浮かんだ。夏帆はもともと家族との縁が薄く、母が他界すると父も家に生活費を入れるだけで滅多《めった》に帰ってこなくなった。

だから彼女は、家族というものに強く憧《あこが》れた。

「結婚したあと、私たち夫婦としずくの夫婦で旅行に行ったの。子どもが産まれたら自由な時間がなくなるって脅されて、大きなお腹《なか》かかえて。その旅行の帰りに……」

事故に遭った。気づけばベッドの上、親友夫婦は命を落とし、夏帆の夫は重体。そして夏帆は、わが子を失った。

状況を説明されてもうまく理解できなかった。

しずくの両親が病院に駆けつけ、しずくの子どもを抱きしめたとき、夏帆ははじめて声をあげて泣いた。声が嗄《か》れても泣き続けた。

「おじさんとおばさんは、私を家族だと言ってくれた。お前たちだけでも無事でよかったって、そう言ってくれたの」

夏帆は声を震わせた。

夫は間もなく息を引き取り、夏帆は独りぼっちになった。数日ぶりに戻ったアパートは広すぎて、大好きだったカメラにも触れることができなくなった。気力が根こそぎ失われ、外に出ることもなくなった。

しずくの両親は、自分たちも辛かっただろうに夏帆の身を案じ、暗い部屋でうずくまる彼女を外へ連れ出した。

そして孫であるこずえを託してくれたのだ。

ぬくもりに触れ、止まっていた夏帆の時間が再び動き出した。

「頑張らなきゃって思ったの。あの子の分までこずえを愛してあげて、誰よりも幸せにしてあげなきゃって。だから、働いて、働いて、がむしゃらに働いて……」

覚えている。いつも大きな荷物を持って走り回る夏帆の姿を。カメラが好きで、その世界で生きていきたくて毎日必死だった。どんなに忙しくても、出かけるときはこずえのためにごはんを作ってくれた。玄関で寝入ってしまうほど疲れていても、こずえには笑顔で接してくれた。不器用だけどいつも一生懸命で、こずえの自慢の〝母〟だった。

「……家族になりたかったの」

ぽつんと夏帆がつぶやいた。

「だから、戸籍謄本を持ってたの。母子家庭なんて、仕事しながらなんてうまくいくはずがないって近所で噂《うわさ》されても、こずえは私の娘だ、ここにちゃんと証拠があるぞって確認するために」

そんな夏帆の気持ちも知らず、こずえは守られてぬくぬくと暮らしてきた。

どこにでもいる当たり前の〝家族〟のように。

こずえは唇《くちびる》をわななかせた。

「……本当のこと、話してほしかった。隠してほしくなかった。今までのことを、全部嘘にしたくなかった」

だけど、本当は。

「――信じてほしかったの」

ぼろぼろと涙がこぼれ、視界が一瞬で崩《くず》れていく。

「こんなことくらいで、お母さんとの関係がめちゃくちゃになるなんて、思われたくなかった。積み重ねてきた十六年が、壊れていくはずがないって、信じてほしかった」

だけど、だけど、だけど。

「私、全然だめだった。どうしていいかわからなくて」

そして、逃げ出したのだ。

家族にはさまざまな形がある。淀川鍵屋に来て、そんな当たり前のことに気がついた。夏帆がこずえを娘として育てたのも、そこに愛情があったことも、本当はわかっていた。

それなのに――。

ぎゅっと唇を噛《か》むと、いきなり後頭部をぺちんと叩かれた。

「お前に必要なのはまず話し合いだ。背中押してやるから、しっかり話し合って、ちゃんと甘えてこい」

淀川の声には抑揚《よくよう》がなく、いつも不機嫌に聞こえる。けれど今、その声は不思議なほど穏やかに心に染み込んできた。

大きな手で背中を押され、こずえはよろめいて夏帆の体にしがみついた。そこで、ようやく夏帆が濃い隈《くま》を化粧で誤魔化《ごまか》していることに気づいた。

こずえの背中に回された夏帆の腕に熱がこもる。

まるで、放すまいと言わんばかりに。
熱に包まれると喉《のど》の奥が引きつって、気づけば声をあげて泣いていた。
そしてこずえは、自分が〝子ども〟だと自覚した。

終章 春の朝

遠野《とおの》こずえがいなくなって二カ月——淀川《よどがわ》鍵屋は、以前より広くなった気がした。

こずえがいなくなるとともにただの鍵屋に戻ったにもかかわらず、お茶屋だった頃を覚えている客がひょこりと顔を出し、淀川を見ると「可愛《かわい》い店員さんは？」だの「あの子に話を聞いてもらいたかったのに」だのと文句を言いつつ茶を要求してくることがあった。

そのたびに彼女の不在を思い知らされた。

大晦日《おおみそか》の夜、こずえは家に帰った。未成年略取《りゃくしゅ》だの誘拐だのと久世《くぜ》警部補からはありがたくもないお小言をたんまりといただいた。ちゃんと一報を入れたのに、眠すぎて判断力が鈍っていた淀川が、腕の中ですやすや眠る少女を〝野良猫〟と認定したのが間違いだった。

嘘《うそ》が嫌いなくせに嘘つきな猫。淀川の嘘に愕然《がくぜん》としたあの顔が、二カ月もたつのにいまだに心に引っかかっている。

「よしくん！　これです、これこれ！　十年前に発表された伝説の一枚！　って、よしくん！　おうどんに一味唐辛子入れすぎです！」

手元を見るとうどんが真っ赤になっていた。まあいいか、とりあえず混《ま》ぜてしまえ、と一味唐辛子を汁の中に沈めたら本を手に鍵屋に入ってきた祐雨子《ゆうこ》が悲鳴をあげた。

「出汁《だし》から取るくせに、どうしてそういうところはだめだめなんですか⁉」

「うまいぞ」

「味覚音痴《おんち》――!!」

殺人料理を作る女に言われたくない言葉だ。うどんを食べていると祐雨子がテーブルの片隅《かたすみ》にセピア色の写真を置いた。麦わら帽子をかぶった少女が写っている。純白のワンピースが風にひるがえり、髪は乱れ、本当に〝一瞬〟を切り取ったのだとしれる一枚だった。なにより目を惹《ひ》いたのは、少女の屈託《くったく》のない笑顔だった。

「これは？」

「当時無名だった遠野夏帆《かほ》が脚光《きゃっこう》を浴びることになった一枚です。写真展で出口に巨大パネルで飾られてた、その名もずばり『愛娘《まなむすめ》』！　これ、どうしてもほしくてお母さんに買ってもらったポストカードです。こずえちゃんがモデルさんだったなんて！」

そういえばワイドショーでやってたかな、という曖昧《あいまい》な記憶で淀川がずるずるとうどんをすすった。野良猫だとばかり思っていたので奇妙な気分だった。

「そしてこちらが、写真家遠野夏帆デビュー十周年を記念して発売された初写真集『素顔』です！　ようやく理想のブックカバーを手に入れたのでお披露目です！」

じゃじゃーん、と、効果音つきで祐雨子が写真集を見せてきた。言葉通り、ビニールの特製カバーつきだ。どれだけ大好きなんだと胸中で突っ込んで、ちらりと装丁を眺める。

大判の分厚い写真集で、真っ白な装丁の表紙には今見せられたばかりの笑顔がアップで印刷されていた。そして『素顔』と白い箔《はく》が押されている。

大胆な構図だ。トレーシングペーパーの帯に白い文字で一言。

『ハッピーバースデー』

——待望の写真集は、発売日さえ公表されずに予約がはじまり、発売日当日にのぼりが立ち、店頭に並び、予約者のもとに入荷の電話が入ったという異例中の異例という一冊だった。

「娘の誕生日にどんだけ無茶ぶりなプレゼントをするんだ」

最高に迷惑な写真集は瞬《また》く間に話題となり、今もちまたをにぎわせている。確かに話題になるのもわかる。被写体は違うのに熱を感じる。見るだけで胸が躍《おど》るのだ。

写真集の裏表紙を見て、淀川は息を呑《の》んだ。紺碧《こんぺき》の空に鮮やかな海、その間に、白いワンピースを着た少女のすらりとした後ろ姿がある。過去と今を詰め込んだ本を、遠野夏帆は最愛の娘に贈ったのだ。

「よしくんはこずえちゃんが遠野夏帆の娘だって知ってたんですか？」

「いや」

有名人の娘ということは知らなかった。だが、財布に学生証が入っていたから名前や年齢、住所などは知っていた。知ったうえで騙《だま》されたふりをした。

嘘なんて、誰でもつくものだ。そこには、人のためにつくか、自分のためにつくか、その違いしかない。そして淀川は、彼女のために嘘をついた。

引き戸が叩《たた》かれ、淀川ははっと顔を上げる。

「ちわーっす。毎度、迫田《さこた》看板店です。看板お届けにあがりましたー」

丸顔の男がにこにこと店に入ってきて淀川は肩を落とした。引き戸が開くとどうしてもこずえが戻ってきたのではないかと期待してしまう。

「看板？」

「はい。さっそく設置しますね。いやあ、今どきこんな立派な看板頼むお客さんなんていないから緊張しちゃいましたよー。向こう百年は商売続けられますよ！」

そう語る丸顔の男の背後にはクレーンつきの二トントラックが停《と》まっていた。

「あ、ちゃんと警察に道路使用許可とってありますんで！　はい請求書！　振り込み先はこちらです」

手渡された請求書に淀川は固まった。祐雨子が驚きの声をあげるのを無視して店を飛び出すと、貫禄《かんろく》のある外観にふさわしく重厚な看板がトラックの荷台に鎮座《ちんざ》していた。

「……鍵屋甘味処《かぎやかんみどころ》　改《あらため》……？」

「こずえちゃんが決めてくれたんですよ。渋いですよね！　あ、紙に書いてあったのを清書したのは私なんです。頑張っちゃいました」

あんぐりと口を開ける淀川に祐雨子は声を弾《はず》ませた。こずえに看板をきちんとしたものにしないか尋《たず》ねられたとき、適当に決めておけと丸投げした記憶がある。しかしまさか、ここまで仰々《ぎょうぎょう》しくも謎の看板を作らせるとは思わなかった。

断ろうと思ったが、郵送で届いた見積もりを見た記憶がある。確認の電話に、忙しさもあって生返事をしてしまったことも思い出した。

ふらふらと店内に戻った彼は、こずえが上津《こうづ》家で撮った写真に目を細めた。

写真には、光が、風が、空気が——そして、笑顔が閉じ込められていた。

「……日常、か」

こずえがいた十日間は淀川にとっての〝非日常〟だった。彼女がいないことで喪失感を覚えるのは、日常と非日常の境目を見失っているからなのかもしれない。

たった十日間転がり込んだだけだというのに、とんでもない女だ。

「こずえちゃんがいないと寂しいです。和菓子の新作を作ったのに褒《ほ》めてくれる人がいないなんて……ブログに載せた写真とレビューも好評だったんです」

看板を眺め、納得したのか祐雨子が店内に戻ってきて嘆《なげ》く。

「サボってないで仕事に戻れ」

文句を言うと、黒電話が鳴った。電話を取ると仕事の依頼だった。子どもに閉め出されてしまったので、玄関のドアを開けてほしいという内容だった。

看板の取り付け作業にどのくらいかかるか尋ねようとした淀川は、中途半端に開いている引き戸に目を見張った。

「あの……店番、いりませんか……？」

ひかえめに尋ねてくる少女に、祐雨子は「あっ」と声をあげ、淀川は言葉を失った。

少女は引き戸に張り付いたままなかなか動かない。無言でいる淀川になにを思ったのか、彼女は開いている引き戸をちょっとだけ細めた。

「お……お母さんが、気になるなら遊びに行ってもいいって」

どうやら無事に収まるところに収まったらしい。こずえの一言に淀川は肩をすくめる。

これは果たして日常か、非日常か——。

「来い、仕事だ」

相変わらず慣れない猫を呼ぶように、淀川はこずえを手招いた。

集英社オレンジ文庫をお買い上げいただき、ありがとうございます。
ご意見・ご感想をお待ちしております。

● あて先
〒101-8050　東京都千代田区一ツ橋2-5-10
集英社オレンジ文庫編集部 気付
梨沙先生

鍵屋甘味処改

天才鍵師と野良猫少女の甘くない日常

集英社
オレンジ文庫

2015年1月25日　第1刷発行
2015年2月14日　第2刷発行

著　者　梨沙
発行者　鈴木晴彦
発行所　株式会社集英社
〒101-8050東京都千代田区一ツ橋2-5-10
電話【編集部】03-3230-6352
【読者係】03-3230-6080
【販売部】03-3230-6393（書店専用）
印刷所　大日本印刷株式会社

※定価はカバーに表示してあります

ISBN 978-4-08-680005-1 C0193